KB115281

# 마세의 신화

# 마께의 신화 3

박선우 현대 판타지 소설

초판 1쇄 찍은 날 § 2019년 11월 27일
초판 1쇄 펴낸 날 § 2019년 12월 4일

지은이 § 박선우
펴낸이 § 서경석

총괄팀장 § 노종아
편집책임 § 김대용
디자인 § 소소연

펴낸곳 § 도서출판 청어람
등록번호 § 제387-1999-000006호
등록일자 § 1999. 5. 31
어람번호 § 제1-3066호

주소 § 경기도 부천시 부일로 483번길 40 서경B/D 3F (우) 14640
전화 § 032-656-4452   팩스 § 032-656-4453
http://www.chungeoram.com
E-mail § chungeorambook@daum.net

ISBN 979-11-04-92099-8 04810
ISBN 979-11-04-92064-6 (세트)

마세의 신화

3

박선우 현대 판타지 소설

MODERN FANTASTIC STORY

# Contents

제19장

반격 II

"으……."

문호량의 입에서 한 단어가 나오는 순간 감찰단장 박장열의
호흡이 멈추며 긴 신음성이 흘러나왔다.

천왕회.

금기의 단어.

7대 흑사회를 완벽하게 장악하고 있으며 신비 속에서 웅크리
고 있는 거대 세력.

사량회와는 또 다르다.

어둠 속에서 살아가는 사량회는 갖가지 악질 범죄를 서슴지
않고 자행했지만, 흑사회는 양성화된 기업을 운영하며 양지를

지향했는데 그 뒤에서 천왕회가 모든 것을 조정한다고 들었다.

길드가 왜 흑사회를 그냥 두고 싶었겠나.

정부와 국회마저 장악했음에도 흑사회를 뿌리 뽑지 못한 것은 천왕회가 뒤에서 버티고 있었기 때문이다.

10년 전.

각 길드에서 파견된 연합군이 흑사회를 건드렸다가 박살이 난 후 길드와 흑사회는 선을 그은 채 서로의 영역을 침범하지 않았다. 그 당시 연합군의 수장은 해동 길드의 스페셜 마스터 엄민수였고, 그는 천왕회주의 손에 목이 떨어진 걸로 알려져 있었다.

한정유를 돕는 것이 흑사회의 중추인 일도회란 짐작을 했으니 자연스럽게 흑사라는 생각이 들었다.

그럼에도 거기까지 유추하지 않은 것은 천왕회의 신비 때문일 것이다.

그동안 천왕회는 길드와의 분쟁 이후로 한 번도 세상에 모습을 드러낸 적이 없었다.

의심을 할 수도, 믿지 않을 수도 없었다.

앞에 선 자에게서 점점 진하게 피어오른 살기로 인해 피부가 찢어질 것처럼 아파왔기 때문이다.

고수, 그것도 절대의 경지에 오른 고수다.

그럼에도 박장열은 눈을 잠시 감았다가 천천히 뜬 후 문호량과 정면으로 시선을 부딪쳤다.


"천왕회주라. 보고도, 듣고도 믿지 못하겠군. 그렇다면 내가 용의 발톱을 물어뜯었다는 건데, 여기에 와서 피값을 받겠다는 게 나를 죽이겠다는 뜻이지?"

"피값은 인정을 두지 않는 법이니까."

"이유를 물어 봐도 될까. 천왕회가 나섰다면 그만한 이유가 있었을 텐데?"

"그놈은 내 목숨과도 같은 친구였어."

"길드협회의 감찰단까지 건드릴 정도로 친한 친구라. 아무래도 내가 실수를 한 것 같구나. 미리 알았다면 이런 짓은 벌이지도 않았을 텐데……. 은월각이 했다는 것을 알고 왔을 테지. 은월각주는 먼저 갔나, 아니면 나중인가?"

"오늘, 이곳에 오기 전……. 한 줌조차 되지 않는 재만 남긴 채."


박장열의 얼굴이 더욱 굳어졌다.

거짓말로 여겨지지 않았다.

이런 기도를 가진 자는 거짓말할 이유도 없고 그런 짓도 하지 않는다.

그럼에도 속 깊은 곳에서 신음 소리가 새어 나왔다.

은월각주와 붙어보진 않았지만 그는 마법 계열 쪽에서 상당한 영향력을 지닐 만큼 강자 중의 강자였다.

억울하다는 생각도 들었고 자신의 미련함에 몸서리가 쳐졌다.
이런 기습이라니.

아무리 천왕회라도 만약 그들이 관여되었다는 걸 눈치챘다면
이렇게 혼자 돌아다니지는 않았을 것이다.

감찰단은 물론이고 길드협회가 전면에 나선다면 아무리 천왕
회라도 함부로 움직이지 못하기 때문이다.


"설마, 비웅까지 다 죽인 건 아니겠지?"

"하수인이 무슨 죄를 졌다고 다 죽여. 반항하는 바람에 꽤 다
쳤다고는 하지만 죽은 놈은 없어. 내일 아침에 감찰단으로 돌려
보낼 테니 걱정 마."

"인질인가. 나에게 순순히 목숨을 내놓으라는?"

"그렇다면?"

"한쪽 팔을 주지. 그러니 여기서 끝내는 게 어때?"

"안 돼. 내 친구는 수십 군데를 당해 온몸이 찢겼다. 팔 한 짝
으로 처리하기엔 너무 가벼워."

"태풍OR의 팀장과 감찰단장의 무게 가치는 다르다. 그 정도면
충분하지 않나?"

"웃기는 소리. 네가 뭐가 그리 대단해서. 그 친구가 진정한 천
왕의 주인이라면 어쩔 테냐?"


문호량의 대답에 박장열의 입에서 참고 참았던 울분이 터져

나왔다.

문호량이 무슨 수를 쓰던 자신을 죽이겠다는 변명으로밖에 들리지 않았기 때문이다.

그랬기에 그의 이가 하얗게 드러났다.

"흐으… 터무니없는 말로 나를 끝까지 핍박할 생각이구나. 비응의 목숨 열과 내 목숨 하나를 바꾸겠다는 생각을 가졌다면 좋다. 쳐라, 내 목을 내놓겠다."

눈을 감는 감찰단장의 모습을 보면서 문호량이 쓴웃음을 흘려냈다.

순순히, 목을 내놓겠다고.

그런 놈이 내공을 끌어 올려?

"더러운 물에서 놀아서 그런가, 무인의 기백을 전부 잊어버렸구나. 꼴값 떨지 말고 칼이나 꺼내. 내가 대신 멋있게 죽여줄 테니."

문호량이 들고 있던 검을 꺼내 들자 박장열의 얼굴에서도 웃음이 피어났다.

속일 수 있을 거란 생각은 애초부터 하지 않았다.

그럼에도 그렇게 말해놔야 마음이 편할 것 같았을 뿐이다.

"천왕회주와 목숨을 걸고 싸워 당당하게 걸어 나간다면 나는 길드 세계에서 영웅이 되겠어. 그렇게 생각하니 이런 상황도 그리 나쁘게 여겨지지 않는구만. 자, 그럼 어디 천왕회주의 실력을 확인해 볼까!"

박장열이 천천히 자신의 옆구리에서 사람 팔뚝만 한 물체를 꺼내 들었다.

그러더니 용이 새겨 있는 가죽을 천천히 벗겨냈다.

척, 척, 척!

그의 손이 움직일 때마다 새파란 칼날이 나타나며 칼이 제 모습을 드러냈다.

박장열의 애도 '묵룡'이란 칼이었다.

박장열의 몸이 날았다.

감찰단주.

길드협회에서 핵심 중의 핵심 자리였고 그에 걸맞은 무력을 지녔으니 지금까지 두려움을 가져본 적이 없다.

비록 상대가 천왕회주라도 그건 변하지 않는다.

일대일 대결이라면 절대강자라는 길드의 회장들도 쉽게 자신을 어쩌지 못한다는 자신감이 있었으니 그의 칼엔 조금의 주저함도 담겨 있지 않았다.

위잉.

도명이 먼저 퍼져 나왔고 뒤이어 도기를 가득 품은 칼이 문호량의 전신을 향해 폭발적으로 다가왔다.

일곱 개로 변한 칼.

하나하나에 담겨 있는 패도적인 기운.

공간의 압축. 그리고 파괴.

칼의 울음과 도기가 합쳐지며 문호량이 서 있던 공간이 찢겨 나가기 시작했다.

회심의 미소.

박장열의 얼굴에서 미소가 떠올랐다.

자신의 칼이 시전되었음에도 상대가 전혀 움직이지 않았기 때문이다.

저놈은 죽는다.

이런 상태에서 자신이 전력으로 펼친 도를 받아낼 자는 세상에 아무도 없다.


문호량이 움직인 것은 도기를 품은 일곱 개의 칼이 눈앞으로 다가왔을 때였다.

번쩍이며 솟아난 검.

그리고 찬란하게 뿜어져 나오는 검기의 물결.

무공, 무허, 무경.

시간이 멈췄고 공간이 멈췄으며 공격해 오던 칼이 멈췄다.


시리도록 하얀 빛이 뿜어져 나온 순간 그토록 무시무시하게 다가오던 박장열의 도기가 빛을 잃으면서 뒤로 튕겨 나갔다.

단 일격.

섬전일수.

이것이 바로 무림에서 활동할 때 그를 사신으로 군림하도록 만든 절학, 무적칠검이다.


일 합 만에 박장열의 신형이 철벽에 가로막힌 공처럼 뒤로 주르륵 밀려났다.

손아귀에서 느껴지는 통증.

초식의 위력도 밀렸고 내공에서도 부족하다는 증거다.

머릿속에서 경고음이 울리기 시작했다.

비록 자신이 지닌 내공을 전부 끌어 올리지 않았지만 상대의 검은 꺾을 수 있다는 자신감이 순식간에 사라졌다.


말로만 듣던 천왕회주.

설마 이 정도일 줄이야.


그럼에도 박장열의 눈은 문호량의 검을 바라보며 움직이지 않았다.

다행이다.

연환공격을 가해 왔다면 싸움을 피할 방법이 없었겠지만 다행스럽게도 문호량은 움직일 기미를 보이지 않았다.

그만큼 자신감이 있다는 뜻. 다른 말로 절대자들이 지니고 있는 오만이다.


다시 한번 묵룡을 치켜들어 도첨으로 문호량의 미간을 겨냥

했다.

무인으로 태어나 죽고 사는 것은 운명이라고 누가 말했던가.

멋있는 말처럼 들리지만 자신이 봤을 땐 철없는 아이들의 장난과 다름없는 말이다.

이 세상에 좋은 것이 얼마나 많은데 헛된 곳에 목숨을 걸어, 그것도 죽을 게 뻔한 상황에서!

무인으로의 자존심을 내세우며 살아왔다.

자신은 그 정도의 실력이 있었고 그렇게 살아야 남들이 인정해 준다는 걸 몸으로 여러 번 체험했기 때문이다.

그러나, 그런 자존심을 세우는 것보다 더 우선되는 건 살아남아야 된다는 것이다.

살아야 복수도 할 수 있고, 다시 자존심을 세울 수도 있다.

주변을 에워싼 자들.

자신이 나왔던 방은 물론이고 담장 너머, 그리고 정원 곳곳에서 날카로운 기세를 지닌 자들이 도주로를 차단하고 있는 게 보였다.

하지만, 자신이 작정하면 절대 막지 못한다.

전신내공을 끌어 올렸다.

그런 후 자신이 지닌 최후의 초식을 펼쳐 전력으로 문호량의 미간을 향해 전진했다.

번개가 무색할 정도로 빠른 속도.

눈 깜짝할 사이에 다섯 개로 변한 칼이 사방을 완벽하게 차단한 채 상대의 목숨을 노렸다.

하지만, 허초다.
이제 처음처럼 문호량이 반격을 가해오는 순간, 그 방탄력을 이용해서 좌측 담장을 넘어 몸을 피할 생각이었다.

박장열의 신형이 다가서던 그대로 정지한 것은 자신의 판단과 적의 움직임이 달랐기 때문이다.
문호량은 공격해 온 칼이 다가올 동안 처음처럼 아무런 움직임이 없다가 찰나의 순간에 자신이 도주하려 했던 곳을 향해 몸을 날리며 검을 흔들었다.
그리고 다가온 막대한 검기의 물결
그의 눈에 보인 것은 오직 하나. 하얀 빛무리뿐이었다.
어이가 없어 신음조차 흘리지 못했다.
칼과 아예 부딪치지도 않았어. 어떻게…….

상대가 아무리 강한 무인이라도 믿겨지지 않았다.
자신과 같은 스페셜 마스터의 칼조차 상대하지 않고 목숨을 취할 정도의 무인이 세상에 존재한다는 건 상상조차 하지 못한 일이었다.
충격, 아니, 단순한 충격을 지나 끝없는 의문에 사로잡혔다.
심장을 관통한 검이 빠져나가는 순간 가슴에서 피 분수가 솟구치며 사방으로 비산했으나 그는 그저 멍하니 서 있을 뿐이었다.

*　　　　*　　　　*

한정유는 일주일 동안 침대에서 움직이지 못했다.

친구 놈들은 자신을 안가에서 다른 곳으로 옮겨놓고 아예 찾아오지 않았기에 하루 종일 상처를 치유하면서 시간을 보냈다.

끊임없이 내공을 전신으로 돌리며 상처를 쓰다듬었다.

표피에 당한 상처. 가슴과 팔, 다리에 당한 것들은 일주일이 지나자 어느 정도 안정이 되었지만 검에 찔린 상처들이 그를 여전히 움직이지 못하게 만들었다.

살 속으로 파고든 비수가 혈들을 상하게 만들었기 때문에 재생하기 위해서는 한동안 시간이 필요했다.

친구들은 대신 복수를 하기 위해 자리를 비웠으니 그저 기다릴 수밖에 없다.

과연 어디까지 할까.

만약 문호량이 천왕회의 힘을 동원해서 미친놈이 된다면 사회가 발칵 뒤집힐지도 모른다.

하지만, 그렇게까지는 하지 않을 것이다.

문호량은 심계가 누구보다 깊었으니 적당한 선에서 마무리할 것이 분명했다.

심법을 운용하면 시간의 흐름이 정지한다.

무극진기가 신체에서 마음껏 노니는 시간은 그 자체로 공이며 허가 되기 때문이다.

그랬기에 일주일이란 시간이 지났어도 지루하거나 심심할 겨를이 없었다.


김도철과 문호량이 모습을 드러낸 건 꼭 일주일이 지났을 때였다.

놈들이 나타나는 순간 몸부터 살폈다.

멀쩡한 걸 보니 일을 제대로 마무리한 게 틀림없었다.


"잘 끝낸 것 같구나."

"응."

"어디까지?"

"두 놈만. 머리만 쳤어. 더 크게 벌일 필요는 없다는 생각이 들어서. 그 밑에서 관여한 놈들이 있겠지만 참았다. 그놈들까지 다 죽이면 길드협회가 소집령을 내릴 가능성이 커."

"그렇군."


한정유는 일의 경과를 들으며 쓰게 웃었다.

이 일이 어디까지 번질지는 아무도 모른다.

문호량은 최소로 범위를 압축시켜 복수를 했지만, 그것만으로도 길드협회는 충분히 뒤집어지고도 남았다.

핵심 부서의 수장들이 둘이나 죽었고 은월각의 부대 하나가 통째로 날아간 건 결코 작은 일이 아니었다.


"그나저나 몸은 어때. 아직도 못 움직이겠어?"

"움직이려면 일주일은 더 있어야 할 것 같아. 살펴봤더니 많이 상했더라."

"이젠 우리가 같이 있어줄게."

"그럴 필요 없어. 상처 치료하는 데 방해되니까 너희는 니들 할 일이나 해. 혹시라도 전쟁이 벌어지면 싸워야 할 테니 최대한 빨리 회복해야지."


마음 같아서는 술을 마시고 싶었다.

자신을 위해 대신 싸워준 친구들에게 한잔 술을 건네주고 싶었지만 지금은 그렇게 할 수 없었다.

더불어 아쉬웠다.

과거 무림을 휩쓸었던 문호량과 그 실력이 얼마나 되는지 알 수 없는 김도철의 무력을 보지 못한 것이 못내 아쉬웠다.


그리고 또 하나.

움직이지 못하는 자신의 육체.

비록 암습을 당했다 해도 그 정도조차 이겨내지 못한 자신의 능력이 못 견디게 괴로웠다.


찾는다.

최대한 빨리.

그래서 친구들과 함께 그 옛날처럼 무풍지경으로 휩쓰는 영광을 되찾을 것이다.

제20장
머릿속의 피

길드협회 감찰단주와 은월각주의 실종.

송하에 위치한 길드협회는 폭탄을 맞은 것처럼 어수선했다.

처음 이틀은 아무 일 없이 지났으나 그들의 실종은 곧 회장의 귀에까지 들어갔다.

당연한 일이다.

정기 회의에서 두 사람이 아무런 연락조차 없이 무단으로 참석하지 않았으니 회장이 아는 건 시간문제일 뿐이었다.

길드협회장, 강신쾌.

철혈의 사나이.

골든헌터라 해도 다 같은 골든헌터가 아니듯, 스페셜 마스터도 다 같은 스페셜 마스터가 아니다.

절대고수의 영역에도 분명한 차이가 있는데 강신쾌는 현재 존재하고 있는 무인 중에서 상위 열 손가락에 꼽히는 무적의 고수였다.

그런 그가 기획본부장의 보고를 받고 감찰총괄국장 여인성을 부른 것은 실종 사건이 벌어진 후 이틀이 지난 후였다.

잔뜩 긴장한 모습으로 회장실에 나타난 여인성의 표정은 흑색으로 변해 있었다.

실종된 후 이틀 동안 백방으로 찾아 헤맸으나 감찰단주 박장열의 모습은 그 어디에서도 찾을 수 없었다.

기습을 받았다는 건 돌아온 자들에게 들었다.

특수추격대인 비응은 성한 자들이 하나도 없었는데, 한정유의 흔적을 찾은 곳에서 낯선 자들의 공격을 받았다고 했다.

감찰단의 호위를 맡은 놈들은 기습을 받아 기절했기 때문에 그 이후의 상황을 알 수 없어 요원들을 대동하고 직접 요정까지 갔다.

하지만 거기서 얻을 수 있는 건 아무것도 없었다.

정체를 알 수 없는 자들이 사전에 요정을 철저하게 통제했다는 말만 들었을 뿐, 마담이 불러낸 후부터 감찰단장의 행방을 아는 자는 아무도 없었다.

빈손으로 돌아온 후 이틀 동안 밤잠을 설치며 고민에 빠졌다.

당한 거다. 그래서 돌아오지 못하는 거다.

아무리 생각해도 그런 결과밖에 나오지 않았다.

더군다나 은월각주도 동시에 사라졌으니 그런 추측은 점점 확신으로 변해갔다.

보고를 해야 한다는 생각과 더 조사를 해야 된다는 유혹이 교차되면서 이틀이란 시간이 지났다.

자신이 제안했고, 그 의견이 받아들여져 은월각까지 동원된 사실.

별일 아니라고 생각했다.

그보다 더한 일도 숱하게 했으니 며칠 지나면 소리 소문 없이 모든 것이 해결될 것이라 믿었다.

그런데 이런 일이 벌어지다니.

"앉아."

"예, 회장님."

굳어진 몸으로 겨우 자리에 앉자 강신쾌의 시선이 화살처럼 날아와 꽂혔다.

그냥 바라보는 것만으로도 옴짝달싹할 수 없는 그물에 갇힌 느낌.

"오늘 회의에 감찰단주와 은월각주가 참석하지 않았다. 그래서 알아보라고 했더니 이상한 소리가 들리더군. 비응이 전부 반

병신이 되어 돌아왔다며?"

"예, 회장님."

"도대체 무슨 일을 벌인 거지?"


거짓말을 한다는 건 있을 수 없는 일이다.

그랬기에 여인성은 그동안 있었던 일들을 하나도 빼놓지 않고 보고했다.

물론 자신이 관련된 것은 전부 빼고 감찰단주가 결정한 것으로 말했다.

정직이나 의리, 이런 건 이 자리에서 어울리지 않았다.

사안이 이렇게 커진 상태에서 어떤 놈이 내가 기획했다며 자백을 한단 말인가.


말을 하는 동안 강신쾌의 얼굴은 점점 일그러져 갔는데, 마지막 요정의 일까지 듣고 난 후부터는 오히려 원래대로 돌아갔다.


"감찰관 한 놈이 얻어맞은 건 나도 알고 있었어. 동영상을 보니까 제법 하던 놈이더군. 그래도 난 이해가 되지 않아. 감찰단이 그런 짓을 한 것도, 은월각이 나선 것도, 흑암과 비응이 당한 것도, 스페셜 마스터가 둘이나 동시에 실종된 것도 이해가 안 가. 자네는 이것을 이해할 수 있겠어?"

"저 역시 이해되지 않습니다."

"조사 결과는?"

"저희가 조사한 바에 따르면 한정유의 짓이 아닙니다. 그는 목숨만 건져서 겨우 빠져나갔다는 주변인들의 증거를 확보했습니다."

"데리고 나간 자는 확인했나?"

"CCTV 영상이 전부 지워져 있어 확인할 수 없었습니다. 처음에 저희들은 일도회가 나섰다고 판단했지만 아무래도 그들은 아닌 것 같습니다. 일도회 수준으로는 비응이나 두 분 단주님을 해칠 능력이 없으니까요."

"그렇다면 누구란 말이냐?"

"지금으로서는 알 수 없습니다. 더 조사를 해 봐야 될 것 같습니다. 하지만 어떤 식으로든 일도회가 관련되어 있는 건 사실입니다."

"혹시… 천왕회!"

결국 회장의 입에서 천왕회란 이름까지 나왔다.

나오는 한숨을 억지로 삼키며 여인성은 간신히 자세를 유지했다.

자신이 먼저 천왕회의 이름을 말하지 않은 건 그만큼 쉽게 말할 수 있는 단어가 아니었기 때문이다.

머리 회전이라면 누구에게도 뒤지지 않는 그가 일이 벌어진 후 천왕회를 떠올리지 않았다는 건 말도 안 되는 일이다.

벌어진 모든 일들이 천왕회가 연결된다면 한꺼번에 해결되기 때문이다.

그들이라면 비응이나 두 명의 스페셜 마스터가 당한 것도 이해가 된다.

몸을 움츠린 채 꼼짝도 하지 않자 강신쾌의 시선이 점점 가늘어졌다.

그가 뭔가를 생각할 때 하는 습관이었다.


"여 국장, 한정유를 죽일 생각이었다면 미리 조사를 했겠지?"

"그렇습니다."

"천왕회와 연결된 것이 있었나?"

"아닙니다. 그런 것은 전혀 없었습니다. 한정유는 백수로 지내다가 교통사고를 당한 후 최근 들어 태풍OR에 입사한 자입니다. 물론 그 와중에 여러 가지 일들이 있었지만 천왕회와 관련된 흔적은 나타나지 않았습니다."


기어들어 가는 목소리로 대답하자 강신쾌의 시선이 한동안 쏟아지다가 슬쩍 옆으로 돌아갔다.


"기획본부장!"

"예, 회장님."

"자네 생각은 어때?"

"제 생각은… 아무래도 천왕회가 움직인 것 같습니다. 길드협회를 건드릴 자들이 그들 말고 누가 있겠습니까. 더군다나 일도회의 영향권에서 벌어진 일이니 천왕밖에 없을 것 같군요. 사도천과는 전혀 상관없을 거란 생각이 듭니다."

"이유가 없잖아?"

"아무래도 우리가 알지 못하는 강력한 연계 고리가 있을 겁니다. 감찰단을 상대로 그동안 움직이지 않던 천왕회가 나섰다는 건 한정유가 그들과 밀접한 관계가 있다는 뜻입니다. 감찰단을 칠 정도면 천왕회장의 재가를 받아야 합니다. 저는 한정유가 천왕회장과 깊은 관계에 있다는 생각이 듭니다."

"나도 그런 생각을 했지만 확인이 필요해. 추측만 가지고 움직일 수는 없으니까. 천왕이란 확신도 없고. 안 그래?"

"당연한 말씀입니다."

"자네가 일도회장을 만나 봐. 정말 천왕회가 움직인 거라면 그자는 이유를 알고 있을 거야. 그리고 그 이유를 순순히 말해 주면 그냥 나와."

"무슨 말씀이신지……?"

"흑암은 암습을 하다 당했지만 비응과 호위하던 놈들은 살아 돌아왔다. 결국 머리만 치고 끝내겠다는 의미야. 천왕을 상대로 전쟁을 하기엔 명분이 너무 부족해. 먼저 기습을 한 게 노출된다면 길드협회는 치명상을 입게 된다."

"만약 그들이 아니라면 어쩌실 생각입니까?"

"그렇다면 본격적으로 조사에 착수해야겠지. 길드협회의 주축, 둘이 죽었는데 그냥 넘어갈 수는 없는 거 아냐?"

"알겠습니다. 제가 일도회장과 접촉해 보겠습니다."

\*　　　　\*　　　　\*

오지 말란다고 안 올 놈들이 아니다.

특히, 문호량은 아침이면 꼭 들렀다가 사라졌는데 매일 한정유의 상태를 확인했다.


"야, 오지 말라고 했잖아. 바쁜데 뭐 하러 자꾸 와?"

"우리 정유 보고 싶어서. 너무 오랫동안 못 봐서 계속 보고 싶거든."

"누가 들으면 네가 내 애인인 줄 알겠다."

"하하. 옛날에 우린 그것보다 더했지. 몸은 조금 나아졌냐?"

"그 말 들으니까 또 아파지네. 이게 생각보다 치료가 늦어져서 미치겠어."

"무리하지 마. 급할수록 돌아가라고 했잖아."

"너도 이렇게 누워 있어 봐. 그런 소리가 나오나."

"이 자식아, 하루 종일 운기만 한다며? 치료도 쉬어가면서 해야 효과가 더 큰 거야. 잘못하면 역효과가 나온다고!"

"알았다, 알았어."


결국 또 졌다.

전생에도 이생에도 말로는 문호량을 당할 수가 없다.

이놈은 무공도 센 놈이 천하통일전을 치를 때 각종 전략 전술을 마련할 정도로 머리가 뛰어났고 말발도 그에 못지않게 강했다.


팔을 마음대로 움직이지 못했기에 고개를 돌리자 문호량의 얼굴에서 웃음이 피어났다.

언제나 말씨름에서 지면 한정유가 하던 짓이었기 때문이다.

"어제, 길드협회의 기획본부장이 일도회장을 찾아왔어."

"왜?"

"확인하러."

"천왕이 개입했다는 걸?"

"놈들도 바보가 아니니까."

"그래서?"

"말해주라고 했다. 어차피 그래야 끝낼 수 있거든."

"끝낼까?"

"그놈들, 길드협회는 어쩔 수 없을 거야. 그동안 수많은 자들을 죽여왔지만 이런 반격은 당해본 적이 없을 테니 당황했겠지. 만약 살수들을 동원해서 사람들을 죽여온 게 노출되는 순간 길드협회는 치명타를 입게 돼. 그렇게 되는 순간 길드들의 지원이 끊길 수도 있어. 국민들의 신뢰도 땅바닥에 처박히고. 더군다나 상대가 천왕회라면 협회장은 이 일을 지하에 묻고 싶을 거다."

"지들 마음대로군. 수하들이 죽었는데도 그냥 숨긴단 말이냐. 그놈들은 의리 같은 것도 없는 모양이지?"

"배 두드려 가면서 남 위에 군림하며 잘 살아온 자들은 사는 방식이 달라."

"가소로운 놈들."

"이 세계도 우리가 살던 세계와 비슷해. 약육강식이 판을 치는 세상이야."

"그래서 끝낼 수 없다. 명분과 이익에 밀리기 때문에 놈들은 그만두고 싶겠지만 나는 아니야."

"어쩌려고?"

"내 몸이 이래서 너희들에게 맡겼지만 난 이렇게 못 끝내. 일을 시작했으면 끝을 봐야지. 죽이거나 고개를 조아리게 만들거나 둘 중의 하나. 그래야 일이 끝나는 거다. 은근슬쩍 마치 아무 일 없다는 듯 넘어가는 걸 내가 좋아할 거라 생각했어?"

"…마제의 본성이 다시 나오는군."

"우린 그렇게 살아왔잖아. 마제가 괜히 마제겠냐."

"하지만 지금은 안 돼. 네 무공이 모두 회복된다면 모를까, 천왕의 힘으로도 길드협회를 정면으로 상대할 수는 없다. 그놈들을 건드리는 건 길드 전체를 건드리는 것과 마찬가지야."

"두 놈이 나를 친 건 묵인 또는 동조가 있기 때문에 가능했을 거야. 난 그걸 확인해서 철저하게 응징할 테다. 아, 물론 능력도 되지 않으면서 무모한 짓은 하지 않을 테니 너무 걱정하지 마. 내가 제법 똑똑하잖아."

"어련하겠어."


문호량이 쓴웃음을 지었다.

그가 아는 마제는 그야말로 폭풍 같은 남자였다.

은원 관계가 확실했고, 뭐든 작정을 하면 끝장을 봤기 때문에 적들에겐 공포 그 자체였다.

더불어, 성격이 화끈해서 어떨 때는 물불을 가리지 않았다.

그가 무슨 말을 하고 있는지 안다.

자신과 김도철이 이번 일을 꾸민 자들의 머리를 쳤지만, 과거의 마제였다면 결코 이렇게 끝내지 않았을 것이다.


"시간 됐다. 난 가볼 테니 치료 잘하고 있어. 내일 다시 올게."

"야, 내 핸드폰 주고 가라. 그 새끼들이 그런 마음을 가졌다면 굳이 핸드폰을 네가 가지고 있을 필요 없잖아!"

"아직은 안 돼. 핸드폰은 네가 일어날 때까지 압수야. 아직 아무것도 결정된 게 없는데 장소를 노출시킬 수는 없어."

"이 자식아. 부모님 걱정하셔. 벌써 12일이나 지났는데 전화 한 통 못 드렸어."

"그것 때문이 아닌 것 같은데?"

"뭔 소리야?"

"네 전화기 가끔 가다 켜 보는데 어떤 여자들이 몇 통씩 전화했더라. 김가은하고 윤정혜. 그사이에 양다리 걸쳤니? 참 재주도 좋아."


문호량이 빙글거리며 놀렸다.

놈은 가족들한테 전화를 해야 한다는 자신의 말은 아예 들어 줄 생각이 없는 것 같았다.

그랬기에 입에서 좋은 소리가 나오지 않았다.


"전화기 안 줄 거면, 그냥 꺼져!"


\*        \*        \*

한민규와 정숙영이 회사를 찾은 것은 한정유가 출장을 갔다고 속인 지 보름이 지났을 때였다.

갑작스러운 여행을 다녀온 지 얼마 안 되어 갑자기 집으로 찾아와 자신을 친구라고 소개했던 남자가 한강이 내려다보이는 잠실로 그들을 데려갔다.

번쩍번쩍 빛나는 최신식 아파트였다.

너무 놀라 묻자 문호량은 앞으로 이 집에서 살면 된다며 아들에게 빚진 것이 있어 새로 장만했다는 말도 안 되는 이유를 댔다.

집으로 돌아가려 했으나 이미 세간살이가 전부 옮겨진 상태였고, 이전 집은 전세를 빼놨기 때문에 돌아갈 수조차 없다고 했다.

불안해서 견딜 수가 없었다.

이게 도대체 어찌 된 영문인지 알 수 없어 출장 간 아들에게 수도 없이 전화를 했다.

하지만 아들의 전화기는 언제나 꺼져 있었다.

하루하루가 불안해서 견딜 수 없는 나날이었다.

그리고 점점 더 아들에 대한 걱정으로 잠을 이룰 수 없었다.

괴물과 싸우는 아들.

혹시 이들은 아들이 괴물과 싸우다가 잘못된 것 때문에 이렇게 해주는 건 아닐까.

괴물과 싸우다 죽으면 막대한 보상금이 나온다는 건 뉴스를 통해 들은 바가 있기 때문에 그런 생각이 머릿속을 가득 채웠다.

막상 그런 생각을 하자 눈물부터 나왔다.
좋은 집, 좋은 옷, 좋은 음식.
이런 건 필요 없다.
만약 아들이 잘못되어 보상으로 나온 것이라면 그런 것들이 무슨 소용이 있을까.
그래서 며칠 동안 고민하다가 회사를 찾았다.

컸다.
좋은 회사라고 하더니 아들의 말처럼 엄청나게 큰 회사였다.
하긴, 그렇겠지.
직원 수가 500명이 넘는다고 들었는데 태풍OR의 본사는 여러 개의 건물로 형성되어 있었다.

무거운 걸음으로 사무실에 들어가 한정유의 부모라 소개한 뒤에 사장님을 만나러 왔다는 말을 하자 직원이 그들을 2층으로 안내해 줬다.
어느샌가 연락이 되었는지 그들이 사장실로 올라가자 남정근이 문 앞까지 마중 나와 있었다.

"아이고, 어서 오십시오. 한 팀장 부모님이시라고요?"

"예… 그렇습니다."

"일단 앉으시죠. 차를 준비해 드리겠습니다."

"차는 안 마셔도 되요. 사장님, 저희는 물어볼 게 있어서 왔어요."

앉자마자 정숙영이 손사래를 치면서 급하게 입을 열었다.

그녀는 심하게 눈이 떨리고 있었는데 무척 불안해 보여 안타까울 정도였다.

그 모습을 보며 일어서려던 남정근이 자리에 앉았다.

"그럼 말씀하시죠."

"저기… 우리 아들 지금 어디 있어요? 혹시, 잘못된 건 아니죠. 그렇죠?"

"한 팀장은 지금 출장 중입니다."

"무슨 출장을 이렇게 오래가요. 전화도 안 되고 불안해 죽겠어요. 솔직히 말씀해 주세요. 우리 아들, 어디 간 거예요?"

"여보… 조금 천천히… 죄송합니다, 사장님. 제 아내가 그동안 마음고생이 심해서……."

"아닙니다. 아니에요. 충분히 이해합니다."

한민규의 말을 들은 남정근이 곤혹스러운 표정을 지었다.

한정유가 다친 이후 김도철이 출장 갔다고 집에 전했다는 말을 들었지만 직접 찾아올 줄을 꿈에도 생각하지 못했던 것이다.

그도 모른다.

암습을 받아 후속 공격을 피하기 위해 어딘가에서 치료하고 있다는 걸 들어서 알 뿐, 한정유가 있는 곳을 알지 못했다.

　그렇다고 아들이 괴한들에게 공격당해서 치료 중이라는 말도 할 수 없으니 환장할 노릇이었다.

　그럼에도 이럴 때는 버티는 수밖에 없다.


　"허허……. 한 팀장과는 저도 연락이 되지 않습니다. 지금 남미 쪽에 출장을 갔는데 그쪽이 워낙 오지라서 전화가 되지 않거든요."

　"정말… 이에요?"

　"그렇습니다. 한 달 예정으로 출장 갔으니까 아직도 오려면 멀었어요. 갑작스럽게 결정된 출장이라 한 팀장이 충분히 설명 드리지 못한 모양이군요. 걱정하지 마십시오. 회사 일로 간 건데 무슨 일이 있겠습니까. 더군다나 거긴 관계 업체와 함께 협의차 간 거라 위험하지도 않은 곳입니다."


　새빨간 거짓말이지만 괜찮다.

　한정유가 죽지 않은 이상 이런 거짓말은 해도 된다.

　처음에는 걱정으로 인해 떨었던 분들이 한숨을 흘려내며 안도하는 표정을 짓고 있으니 자신의 거짓말은 착한 거짓말이다.


＊　　　　＊　　　　＊


　내공의 증진을 위해 심법을 운용하는 것과 진기를 이용해서 치료를 하는 것은 근본적으로 다르다.

내공 증진은 단전을 확장시키기 위해 혈도의 경로를 확장하고 아직 뚫리지 않은 맥들의 진로를 개척해 나가는 것이다. 하지만 치료는 상처 부위에 진기를 집중해서 다친 혈맥이 악화되지 않도록 보호하고 최적의 상태로 되돌아갈 수 있도록 재생시키는 작업을 말한다.

문호량의 걱정은 기우가 아니다.

빨리 상처를 치료하기 위해 무리를 하게 되면 혈맥에 과부하가 걸려 오히려 역효과를 일으킨다.

그랬기에 한정유는 몸에 난 상처와 병행해서 머릿속의 손상을 집중적으로 치료했다.

그동안 머릿속의 피를 방치한 이유는 두 가지.

하나는 임독양맥이 타통되면 자연스럽게 사라질 것이란 생각이었고, 또 하나는 단전의 확장이 우선이었기에 머리의 손상을 치료하지 않았다.

하지만, 지금은 상황이 변했다.

암습을 당한 이상 치료를 해야 했으니 떡 본 김에 제사까지 지낸다고 머리에 손을 댔다.

전화위복일까.

어쩌면 그런 것인지도 모른다.

치료를 끝내면서 단전을 확장시키기 위해 모든 시간을 썼기 때문에 자신의 단전은 암습을 당하기 전보다 훨씬 커진 상태였다.

꼼짝하지 못했던 한정유가 상체를 세우기 시작한 것은 보름이 지났을 때였고, 한 달이 지났을 때는 드디어 걷기 시작했다.

정말 지겹도록 긴 시간 동안의 치료였다.

그럼에도 만약 전문 외과의들이 그의 모습을 눈으로 봤다면 놀라 자빠질 일이었다.

당장 죽었어도 이상하지 않았을 만큼 엄청난 부상을 입었던 사람이 불과 한 달 만에 자리를 털고 일어났으니 현대 의학으로는 도저히 이해가 되지 않는 일이다.

그것은 그를 보호하던 상천의 요원들도 마찬가지였다.

한정유가 침대에서 일어나 방에서 걸어 나오자 그들은 마치 귀신을 본 것처럼 놀랐다.

걸을 수 있다 해서 몸이 완전하게 회복된 것은 아니었지만, 그럼에도 한정유는 산책을 하면서 오랜만에 활짝 웃었다.

상쾌하게 다가오는 바람의 냄새.

소독약의 매케함을 맡으며 침대에서 지냈던 지난 한 달이 마치 꿈결처럼 여겨졌다.

한정유는 바닥에 가부좌를 틀고 앉았다.

이제는 때가 되었다.

머릿속에 굳어 있던 피는 그동안 꾸준히 진기를 흘려보내 녹였기 때문에 더없이 맑은 액체 상태로 변해 있었다.

천천히 뇌와 연결되어 있는 아문혈을 개방했다.

그러고는 무극진기를 이용해서 서서히 뇌를 압박하기 시작했다.

스스로의 힘으로 체내에 있는, 그것도 뇌 사이에 고여 있는 피를 뽑아낸다는 것은 상상한 것보다 훨씬 고통스럽고 힘든 일이다.

피가 묽게 변해 뇌 속에서 찰랑거렸음에도 무극진기를 이용해 아문혈까지 유도한다는 것은 결코 쉬운 일이 아니었다.

뇌 속에 고여 있던 피가 아문혈을 통해 흘러나오기 시작한 것은 무려 한 시간이 지난 후부터였다.

무리를 하지 않고 갓난아이의 숨결처럼 조금씩 진기를 압박했는데, 그러자 오랜 시간이 지나 기어코 묵은 피가 빠져나오기 시작했다.

그러던 한순간 서서히 피의 양이 많아지더니 한꺼번에 분사하듯 피가 터져 나왔다.

마치 십 년 묵은 때를 벗겨낸 느낌.

머리에 추를 매달고 다니는 것처럼 무거웠던 불쾌감이 한순간에 사라졌고 은은하게 압박해 오던 고통이 없어졌다.

날아갈 것 같은 기분.

이대로 일어서서 춤이라도 추고 싶은 심정이었다.

그러나 한정유는 자세를 풀지 않았다.

뇌 속에 있던 피가 모두 빠져나가자 그토록 철벽같이 가로막고 있던 후정혈에 금이 가기 시작했던 것이다.


이유는 명료했다.

바로 뇌 속에서 후정혈을 압박하고 있던 피 때문이었다.

끈질기게 노력했음에도 후정혈이 깨지지 않았던 것은 고여 있던 피가 후정혈의 타통을 방해하고 있었던 것이 틀림없다.

더불어 그동안 타통을 위해 무극진기가 끊임없이 후정혈과 부딪치며 느끼지 못할 정도의 균열을 만들었던 것이 분명했다.


한정유는 상처를 치료하기 위해 분산되었던 무극진기를 단전으로 회수한 후 임독양맥으로 내공을 유도했다.

단전을 가득 채웠던 내공이 양맥으로 나뉘어 움직이기 시작했다.

각 혈도를 거쳐 거침없이 달려가던 무극진기가 뇌호혈에서 합친 후 거침없이 강간혈을 통과해서 후정혈로 향했다.


이를 악물고 부딪쳤다.

거대한 적진을 향해 홀로 칼을 뽑고 돌진하는 전사의 마음으로.

과거의 영광을 되찾기 위한 투지를 가득 끌어 올린 채.


균열이 갔음에도 후정혈은 무극진기의 전진을 쉽게 허락하지 않았다.

그럼에도 한정유는 끊임없이 내공을 돌진시키며 후정혈을 깨기 위해 전력을 다했다.

조금씩 부서지는 철벽.

중앙부터 균열이 커지면서 파편들이 무극진기에 쓸려 나갔다.

얼마나 시간이 지났을까.

점점 균열의 폭이 커지던 어느 한순간, 둑이 거대한 파도에 쓸려 넘어지는 것처럼 후정혈이 관통되었다.

콰앙!

망망대해를 향한 유영.

강간혈이 거대한 강줄기라면 후정혈을 거대한 대해다.

후정혈을 지난 무극진기가 끝없이 펼쳐진 대해를 타고 한없이 펼쳐져 나갔다.

오색찬란한 빛줄기의 향연.

무극.

허정, 허도, 허량의 세계.

한정유는 무아의 경지에서 무극진기를 대해로 내보내며 움직이지 않았다.

갈 때까지 가야 한다.

지금 이 순간이 어느 때보다도 중요하다는 걸 안다.

새로운 세상과의 조우.

자신의 내공은 지금 새 세상과 만나 원 없이 뛰어놀고 있으니, 그 경지의 끝을 확인해야 되기 때문이다.


*       *       *


"김 본부장, 나 속 터져 죽겠어. 도대체 한 팀장은 어떻게 돼가고 있는 거야?"

"많이 좋아졌습니다. 어제 가 보니까 침대에서 일어났어요. 앞으로 한 달 정도면 충분히 정상으로 돌아올 겁니다."

"일어났어. 정말?"


김도철의 대답에 남정근이 자리에서 펄쩍 일어났다가 주저앉았다.

아무리 무공을 익혔다지만 다 죽다가 겨우 살아난 사람이 불과 한 달 만에 일어났다는 건 듣고도 못 믿을 이야기였다.

그럼에도 그는 의문보다 기쁨을 먼저 나타냈다.

의문은 나중이고 기쁨이 먼저다.


자신의 꿈은 한정유에게 맡겼고, 그는 자신의 꿈을 이룰 수 있는 능력이 있는 사람이었다.

살아난 것만으로 다행이다.

암습을 당해서 다쳤다고는 하나, 그것으로 인해 한정유에 대한 평가가 또다시 달라질 수밖에 없었다.

길드협회 은월각의 존재는 초특급 대외비였지만 은밀하게 도는 소문에서 그들의 존재를 알고 있었다.

골든헌터, 그것도 전문적으로 살수 훈련을 받은 살인자들.

그런 자들이 열 명이나 왔음에도 만취한 한정유에게 모두 낭했다는 건 한정유의 실력이 얼마나 뛰어난지 증명해 주는 것이었다.

하지만, 곧 그의 얼굴에선 기쁨이 사라지더니 걱정이 떠올랐다.

"아직도 어디 있는지 안 가르쳐 줄 건가. 한 팀장, 지금 어디 있어?"

"모르시는 게 좋습니다. 아무에게도 이야기하지 않겠다고 천왕회주와 약속했습니다. 약속을 어길 수는 없잖습니까?"

"끄응."

"염려하지 마시고 조금만 더 기다려 주십시오."

"이 사람아, 내 눈으로 봐야 앞으로 어떻게 할 건지 결정을 하지. 히어로전이 이제 20일밖에 안 남았어. 한 팀장이 돌아오지 못하면 일주일 내로 출전 취소를 해야 해. 안 그러면 거액의 위약금을 내야 한단 말일세."

"취소하십시오."

"물론 그럴 생각이야. 그래도 본인한테 물어보긴 해야 되잖아."

"물어보나 마납니다. 한 팀장은 이제 겨우 침대에서 일어났어요. 그 몸으로 히어로전에 출전할 수 없습니다. 그놈 성격에 출전을 강행하겠다고 괜한 고집을 세우면 우리만 힘들어집니다. 그러니까 취소하고 알려주는 게 더 좋아요."

"원망은 내가 듣고?"

"그거야, 사장님이시니까……."

"이 사람, 한 팀장하고 빼다박았구만. 끼리끼리 논다더니 성격이 똑같아."

"그러니까 친구죠."

"그나저나 아깝네. 한 팀장이 출전해서 우승을 먹으면 우리 태풍OR의 명성이 하늘을 찌를 텐데. 이보게, 김 본부장."

"왜 그러세요. 그런 목소리로 부르면 소름 돋습니다."

"자네가 출전하면 어떻겠나. 지금이라면 출전자를 바꿀 수 있어."

"주인공을 바꾸자고요?"

"응, 자넨 엄청난 실력자니까 한번 해보는 게 어때?"

"그러다가 그놈한테 맞아죽으면 사장님이 책임지실랍니까."

제21장
축제의 시작

　문호량은 오 일 만에 안가에 도착해서 한정유가 방에 없는 것을 확인하고 놀라 밖으로 뛰어나갔다.

　한정유의 치유 속도는 놀라웠기에 안심하고 태국을 다녀오는 길이었다.

　천왕회를 이토록 강한 세력으로 키워낼 수 있는 배경에는 양성화된 흑사회의 힘도 있지만, 그가 쌓아온 인맥과 기업들을 직접 운영해 왔던 게 컸다. 그렇기에 수시로 급한 일이 생겼다.


　"어디 갔어?"

　"저 앞 공터에 가셨습니다."

　"왜?"

　"몸을 회복하셔야 된다고……."

"그걸 말이라고 해. 언제부터?"

"삼 일 되었습니다. 말렸지만 괜찮다고 하시는 바람에. 그래서 상천대주와 요원들이 따라갔습니다."

"공터가 어딘지 안내해."

아직도 길드협회가 어떻게 나올지 모르는 상황에서 불편한 몸을 이끌고 밖으로 나가?

그걸 말리지도 않았고!

슬그머니 화가 치밀었다.

한 달이 넘도록 누워 있으니 놈의 성격상 좀이 쑤셔 견딜 수 없었을 것이다.

그렇다 해도 말렸어야지. 그토록 부탁을 했건만.

요원의 안내를 받아 안가에서 70m 정도 떨어진 공터로 향했다.

멀리서부터 사람의 모습이 보였다.

눈에 익은 상천대주 황요성이 대원들 3명과 함께 숲으로 둘러싸인 곳에 서 있었는데, 뭔가를 바라보며 꼼짝하지 않았다.

급한 마음에 신법을 펼쳐 빠르게 접근하자 기척을 눈치챈 황요성이 먼저 몸을 돌려 이쪽을 바라봤다.

전혀 잘못한 기색이 없는 표정이었다.

그렇기에 목소리가 갈라져 나왔다.

"뭐야, 이놈 어딨어?"

"저기 계십니다."

황요성이 가리킨 곳. 숲으로 가려진 공터.

공터는 넓었다. 이곳에 여러 번 왔지만 우거진 나무로 가려져 있어 이런 크기의 공터가 있는 줄 몰랐다.

그 중간에서 한정유가 무극도를 든 채 날아다니고 있었다.

저, 저 미친놈.

공터는 난장판으로 변해 버렸는데 공중으로 부유한 흙들이 무극도의 위력을 감당하지 못하고 회오리를 일으키는 중이었다.

뭘 어떻게 처먹었는지 모르겠지만 한정유의 몸에서 삐져나온 무극도는 그 옛날 자신이 보던 것과 다름없을 만큼 무시무시한 것이었다.

다 죽어가던 놈이 어떻게?

자신이 출장 간다고 했을 때도 침대에서 겨우 일어나 배웅하던 놈이었는데 며칠 사이에 생생하게 날아다니고 있으니 도저히 이해가 되지 않았다.

하지만 그런 마음은 잠시. 기쁨이 마구 솟구쳐 올라왔다.

뭐가 어떻게 된 건지 모르겠지만 한정유는 과거의 무공을 어느 정도 되찾은 것 같았다.

한참을 구경하다 전화기를 꺼냈다.

그러고는 김도철의 전화번호를 찾아 단축 버튼을 길게 눌렀다.

"도철아, 나다."

"응, 출장 잘 갔다 왔어?"

"왜 안 가르쳐 줬냐? 정유한테 무슨 일이 있으면 무조건 전화해 달라고 했잖아?"

"정유가 왜? 무슨 일 일어났어? 또 기습 당한 거야? 상천대는!"

"넌 안가에 와보지도 않았구나?"

"나도 이틀 전에 던전이 열려서 정유 대신 출장 갔다가 이제 올라가는 길이다. 왜 무슨 일인데. 궁금하게 만들지 말고 빨리 말해!"

"지금 와 봐야겠다. 아무래도 우리, 술 한잔해야 될 것 같아."

김도철이 안가에 도착했을 때는 이미 날이 저문 상태였다.

방으로 들어가자 한정유와 문호량은 밥을 먹고 있었는데 그 모습이 무척 낯설었다.

그동안 올 때마다 봤던 모습.

한정유는 누워 있고, 문호량은 그 옆에 앉아 도란거리며 대화를 나누는 모습만 봤기 때문에 두 놈이 멀쩡히 식탁에 앉아 있는 모습을 보게 되자 황당함이 몰려왔다.

멀쩡하게 앉아 있는 한정유를 보자 어이가 없어 잠시 동안 움직이지 않았다.

공교롭게 자리를 비운 건 문호량과 비슷한 시기였다.

문호량이 출장을 가면서 자신 역시 어머니가 당뇨병이 심해지는 바람에 거길 쫓아다니다 입원을 시킨 후에는 곧장 출장을 갔다.

요즘 들어 던전이 더 빈번해졌기 때문에 한정유가 빠진 공백을 그가 대신 메워야 했다.

그럼에도 걱정하지 않은 것은 상천대의 힘이 웬만한 공격에는 끄덕하지 않을 만큼 강했고, 더불어 공격을 대비해 수시로 은거지를 옮긴다는 걸 알기 때문이었다.


"왜 그러고 서 있어? 왔으면 앉지 않고. 야, 오늘 김치찌개가 소주 안주로 딱이야. 이리 와서 한 잔 받아."

"너… 괜찮아?"

"거의 다 회복했어. 조금 결리기는 하지만 아무런 문제없다."

"이렇게 빨리 회복된 걸 보면 무슨 일이 있었어. 그렇지?"

"응."

"뭐야, 답답하니까 빨리 말해!"

"그 자식, 성격 급해. 와서 한 잔 받으면 이야기해 줄게."


한정유가 잔을 내밀었고 그 옆에서 문호량이 빙글거리며 웃었기에 성큼성큼 다가와 소주잔을 뺏어 들었다.

그동안 겪어본 놈의 성격상 한번 뱉은 말은 때려죽여도 지킨다는 걸 안다.

술이 채워진 잔을 한입에 털어 넣고 빤히 쳐다보자 한정유의 얼굴에서 슬그머니 웃음이 떠올랐다.

"후정혈을 깼어. 그랬더니 몸이 급격히 좋아지더군."

"으… 정말이냐. 그게 어떻게 가능하지. 치료하느라 제대로 운기행공을 하지 못했을 텐데?"

"머릿속에 있는 피가 빠졌어. 그랬더니 깨지더라."

"그 짧은 사이에?"

"응. 그 짧은 사이에. 하지만 그리 짧았던 것도 아냐. 후정혈을 깨려고 그동안 미친놈처럼 단전을 키워왔으니까."


한정유의 설명을 들으며 김도철의 얼굴이 점점 나른하게 변해 갔다.

후정혈을 깼다는 건 한정유의 내공이 일월합벽(日月合闢)의 경지에 도달했다는 것을 의미했다.

임독양맥을 관통했다는 것은 임맥의 승장혈과 독맥의 후정혈까지 내공이 순환된다는 것을 뜻했고, 자신 역시 그 경지에 올라 있었다.

혹자는 완전한 임독양맥의 관통을 백회혈까지라 우기는 사람이 있으나 무림역사상 그런 경지에 도달한 사람은 손에 꼽을 정도였다.

백회혈이 관통되었다는 건 인간의 경지를 뛰어넘어 신의 영역에 도달했다는 걸 의미했으니 무인들은 대부분 임독양맥의 완성을 후정혈까지라고 말했다.


"대단하구나, 한정유. 불과 이 년 만에 임독양맥을 관통시키다니……. 마제라는 칭호를 썼다고 했을 때부터 알아봤지만 이건 상상을 초월하는구만."

"아직 멀었어. 알잖아?"

"알지, 그래도 후정혈을 깼으니 그건 시간문제야. 대단해, 그리
고 축하한다."

연신 술을 비우는 김도철을 바라보며 한정유가 또다시 환하게
웃었다.

언어가 가지고 있는 의미의 차이.

김도철은 자신이 말한 의미를 후정혈을 관통하면서 진행될 무
공 증가에 대해 받아들인 것 같았지만 한정유는 더 이상 아무
말도 하지 않았다.

후정혈을 관통했다 해서 모두 같은 경지에 도달하는 건 아니
다.

임독양맥을 관통한 고수들 간에도 무력의 차이가 발생하는
건 내공의 흐름과 깊이, 그리고 지닌 무공에서 차이가 있기 때문
이다.

김도철의 말은 그걸 의미했음에도 한정유는 그대로 친구의 축
하를 받아들였다.

굳이 자신이 전생에서 백회혈까지 관통해 신의 영역까지 넘봤
다는 사실을 말한다면 김도철은 또 사기 친다며 성질을 낼지 몰
랐다.

셋이 모이자 또 술잔이 돌고 돌았다.

상처에 주기가 악영향을 미친다는 건 무인들에겐 통하지 않았

기에 그들은 술잔을 주고받으며 그동안 있었던 일들에 대해 웃고 떠들었다.

하지만, 언제까지 웃고 떠들 수는 없는 일.

한순간 한정유의 시선이 차분하게 가라앉으며 문호량 쪽으로 향했다.

"호량아, 길드협회의 움직임은 어때?"

"특별한 움직임은 없어. 외관상으론 우리 추측대로 잠수시킨 것 같은데 워낙 음흉한 놈들이라 아직 안심하기는 일러."

"그래도 꽤 피해가 커서 노출을 막기 어려울 텐데?"

"은월각은 어둠 속에서 살아온 놈들이라 괜찮겠지만 은월각주와 감찰단주는 중요한 자리에 있던 놈들이야. 당연히 말이 나올 수밖에. 두 놈이 사라진 후 언론에서 냄새를 맡고 따라붙었는데 길드협회 쪽에서 강하게 통제를 하고 있단다. 이미 새로운 놈들로 자리를 채웠어. 최대한 빨리 수습하고 싶었던 거지. 하지만, 아직 안심할 수 없어. 길드협회장이 워낙 음흉한 늑대거든."

"그놈도 나를 치다가 이렇게 된 걸 알겠지?"

"당연한 말씀. 말했잖아, 음흉한 늑대라고."

"그렇다면 쉽지 않겠구나. 길드 허가를 받아내는 거 말이야. 뒤에 천왕회가 있다는 것도 알 테니 그놈들이 쉽게 내줄까?"

"어떻게든 해 봐야지. 내가 그런 건 전문이잖아."

문호량이 말하면서 어깨를 으쓱했다.

말은 쉽게 했지만 결코 쉬운 일이 아닐 것이다.

태풍OR과 천왕회가 한꺼번에 걸린 일이었으니 문호량의 능력이 아무리 뛰어나도 길드협회에서 인가를 받아내는 건 쉽지 않아 보였다.

그때 김도철이 뭔가 생각난 것처럼 입을 크게 벌렸다.


"히어로전이 있잖아. 네가 히어로전에서 우승하면 얘기가 달라져. 국민들 여론을 뒤에 업으면 그놈들도 무조건 반대하진 못할 거다. 그러고 보니 다행이야. 하마터면 큰일 날 뻔했어."

"왜?"

"내일 사장님이 히어로전 참가 신청을 포기하려고 했거든."

"히어로전 출전을 포기한다고?"

"그래, 네가 다친 걸 알고 고민 많이 했어. 정해진 기간 안에 포기 신청을 하지 않으면 막대한 배상금을 물어야 된다고 하더라."

"그래도 그 양반, 그냥 포기하려고 하진 않았을 텐데?"

"귀신같은 놈."

"너보고 대신 나가랬지?"

"싫다고 했다. 나중에 네가 알면 날 들들 볶을 것 같아서."

"싫다고 그냥 넘어갈 사람이 아니야. 그 양반 보기보다 욕심이 많다. 아마, 그래서 아직까지 기다린 걸 거야. 끝까지 버티면 네가 출전할 수밖에 없다는 걸 아니까."

"푸하하! 역시 정유는 눈치가 빨라. 그래도 난 안 했을 거다. 거기서 우승하는 것보다 너한테 평생 잔소리 듣는 게 더 무서워."

김도철이 천만다행이란 표정으로 너스레를 떨자 그동안 잠자
코 지켜보던 문호량이 중간에서 끼어들었다.

　그는 히어로전에 대해 금시초문이었기 때문이다.

　한정유를 만나자마자 암습을 당했고 지금까지 누워 있었으니
일상사에 대한 이야기는 나눌 새가 없었다.


　"누가 히어로전에 나가는데, 정유가 신청했어?"

　"어쩌다 보니."

　"왜?"

　"너 만나기 전의 일이야. 돈이 필요했거든."

　"무슨 소린지 알겠다. 거기서 우승하면 상금이 꽤 많지. 더불
어 히어로란 명예도 얻고. 도철이 말대로 네가 우승해서 히어로
가 되면 여론을 등에 업을 수 있으니까 길드 승인에도 큰 도움
이 되겠다. 이거 의외로 일이 쉽게 풀릴 수 있겠는걸."

　"그 표정은 뭐야. 뭐가 그리 즐거워?"

　"재미있잖아. 그동안 흥미로운 일이 없었는데 정유가 시합에
나간다면 얼마나 재미있겠어. 안 그러냐, 도철아?"

　"내 말이 그 말이다. 싸움 구경은 옆에서 해야 제맛이거든."


*　　　*　　　*


　히어로전.

　원래의 명칭은 '코리아 히어로 국가대표 선발전'이었다.

여기서 우승한 사람이 국가를 대표해서 '월드컵 히어로 챔피언십'에 출전하기 때문에 붙여진 이름이다.

'월드컵 히어로 챔피언십'은 3년마다 한 번씩 열리는데 아직 대한민국은 우승자를 배출하지 못했다.

히어로전에 우승한 사람은 50억이란 상금과 명예가 따르기 때문에 모든 각성자들에겐 꿈의 무대였다.

더불어, 우승을 하면 모든 언론의 스포트라이트를 받았고 각종 광고에 출연하는 등 부가 수입이 어마어마했다.

대한민국은 서서히 축제 분위기에 젖어들기 시작했다.

던전의 괴물들을 사냥하는 장면은 유료 채널로 방송되기 때문에 돈 있는 자들만 볼 수 있지만, 히어로전은 공영방송을 통해 전국으로 생중계되어 누구나 볼 수 있었다.

각 길드에서 최고수만 가려 뽑아 출전하는 히어로전은 국민들이 학수고대하는 축제였다.

앞으로 남은 시간은 13일.

13일이란 시간이 지나면 전 국민을 열광시키는 히어로전이 벌어지게 된다.

\*　　　　\*　　　　\*

"아버지, 접니다."

―아이고, 정유야. 너 어디냐?

"지금 공항에 도착했습니다. 곧 들어가겠습니다."

―몸은 괜찮니? 어디 아픈 데는 없어?

"그럼요, 워낙 오지에 가 있느라 전화를 못 드렸습니다. 자세한 이야기는 집에 가서 말씀드릴게요."

—그래라. 그런데 여기가 어딘지 알아?

"알고 있어요. 호량이가 집을 옮겼다면서요. 주소 받아서 가니까 걱정하지 마세요."

전화를 끊고 한정유가 한숨을 길게 내리쉬었다.

무려 40일 만에 돌아간다.

김도철과 문호량에게 그동안 있었던 일들을 상세하게 들었기 때문에 안가를 편한 마음으로 나설 수 있었다.

준비해 놓은 선물들을 안고 집으로 향했다.

문호량은 그가 집으로 돌아가는 날 바리바리 짐을 싸서 들어왔는데 부모님과 여동생의 선물이 들어 있었다.

그저 고맙다는 말만 했다.

그동안 자신이 암습을 당하면서 문호량은 자신의 가족들을 보호하느라 무진 애를 썼다.

여행 기간 내내 특수부대들이 곁을 지켰고, 이사를 한 다음에도 가족들을 밀착 마크 하며 혹시라도 있을 공격에 대비하는 수고를 아끼지 않았다.

단지, 친구라는 이유 하나 때문에.

오랜만에 아들을 본 어머니는 눈물부터 흘렸고 아버지는 등을 쓰다듬으며 반가움을 표시했다.

"정유야."

막상 부모님을 만나자 가슴이 먹먹해졌다.

자신을 아끼고 사랑한 가족들에게 자칫 커다란 슬픔을 줄 뻔했기에 그런 마음이 더 커졌는지도 모른다.

선물을 꺼내 가족들 앞에 놨지만 부모님은 선물보다 궁금증이 더 컸던 모양이다.

어쩌면 당연한 일이다.

백수로 지내다가 교통사고를 당해 병원에 입원했고, 그 후에도 한동안 아무 일 없이 놀았던 아들에게 문호량 같은 친구가 있다는 게 말이 안 된다.

더군다나 그 친구는 평생 가도 구경조차 하지 못할 아파트로 가족들을 이사시켰으니 궁금한 것들이 한두 가지가 아닐 것이다.

천천히, 한 가지씩 가족들의 의문을 풀어주었다.

장기간에 걸친 회사 출장 문제는 이미 알고 있으니 문호량에 대한 거짓말을 먼저 꺼냈다.

스켈레톤이 서울 시내에 침범했을 때 구해준 사람이라고 말했다.

막 괴물들에게 찢겨 나갈 정도로 위급한 상황에서 구해줬는데, 나중에 알고 보니 엄청난 부자였고 나이와 상관없이 친구 맺기를 강하게 원해서 할 수 없이 받아들였다고 말했다.

문호량이 운영하고 있는 기업까지 들먹이며 말하자 부모님과 여동생은 그제야 고개를 끄덕이며 믿는 눈치였다.

정천물산은 재계에서도 꽤나 알아주는 회사였기 때문이다.

착한 거짓말은 이렇게 양심의 가책을 받지 않아서 좋다.

오랜만에 회사에 출근하자 직원들이 난리법석을 피웠다.

전 직원이 보는 앞에서 골든헌터인 감찰팀장을 박살 내며 태풍OR의 간판이 되었기에 그들은 오랜만에 돌아온 한정유를 뜨겁게 환영해 주었다.

남정근이 요즘 한창 추진 중인 길드 인가 때문에 장기 출장을 간 것으로 말해놨기 때문에 그들은 암습을 받아 고생한 내용을 모른 채 그저 반가워했다

"사장님, 그동안 잘 계셨죠?"

"너, 너……."

사장실 문을 열고 들어서자 남정근이 미친 듯이 달려와 몸을 끌어안았다.

김도철에게 몸이 좋아졌다는 말을 들었지만 이렇게 불쑥 나타날 줄은 꿈에도 생각지 못했기 때문이다.

몸에서 느껴졌다.

그동안 자신을 걱정했던 그의 마음이.

"몸은 어때?"

"괜찮습니다. 아주 건강해졌으니 이제 걱정 안 하셔도 됩니다."

차를 마시며 그의 궁금증을 풀어주느라 많은 시간을 보냈다.

남정근은 이야기를 할 때마다 몸을 움찔거렸는데 암습을 당했다는 게 아직도 분이 풀리지 않은 표정이었다.

"그 개새끼들, 국민의 안전을 위해 만들어진 놈들이 사람이나 암습해서 죽이기나 하고. 전부 개새끼들이야. 아예 세상에서 지워야 해. 지들 잇속이나 챙기는 놈들은 있을 필요가 없어!"

"맞는 말씀입니다. 사장님이 그렇게 말씀하시니 그렇게 만들겠습니다."

"뭘?"

"길드협회를 세상에서 지워야 된다고 그랬잖습니까?"

"야, 그건 말이 그렇다는 거지. 넌 왜 오자마자 엉뚱한 소리야. 제발 나 좀 살려줘라. 죽다 살아온 놈이 오자마자 그게 할 소리야!"

"하하, 소심하시긴."

"그런데 한 팀장. 정말 괜찮겠어?"

"괜찮습니다. 안 괜찮아도 나가야죠. 우승해야 사장님 꿈을 이룰 거 아닙니까?"

"몸이 완전하지 않으면 나가지 않아도 돼. 내 꿈이야 천천히 이루면 되는 거고. 나는 네가 우선이다."

"미룰 필요 없습니다. 나가 이길 테니 걱정 말고 지켜보세요."

*                    *                    *

  김가은은 연락이 끊긴 한정유를 생각했다.

  처음으로 가슴을 뛰게 만든 남자.

  만난 지 1년 가까이 되어가지만 실질적으로 접촉을 가진 건 손에 꼽을 정도였다.

  사랑?

  지금의 내 마음이 사랑일까?

  아직은 아니다. 그저 호감을 가졌고, 그의 행동 하나하나가 워낙 충격적이라 계속 머릿속에 잔상이 남아 있는 것이라 생각했다.


  하지만, 자신의 생각이 맞는지 자신은 없다.

  자신에게 오라고 했던 그의 말을 들었을 때 떨렸던 걸 생각하면 지금도 얼굴이 붉어질 정도다.

  그래서 더 확인해 보고 싶었다.

  그 사람이 과연 그녀에게 어떤 사람인지를.


  어느 순간 연락이 끊기더니 전화조차 되지 않았다.

  사무실에 확인해 본 결과 출장을 갔다고 한다.

  출장을 가? OR의 직원이, 그것도 남미로?

  출장 간 이유가 길드 설립 때문이란 것도 이해가 되지 않았다.

길드를 설립하기 위해 움직인다는 건 그녀도 안다.

자신를 스카웃하겠다고 말했으니.

그런데 길드 설립과 남미로 출장 가는 것이 무슨 상관이 있단 말인가.

뭔가 이상한 냄새가 났지만 연이어 발생된 던전에 출동하느라 바빴고, 피닉스 길드 내부의 일도 복잡하게 진행되었기에 의문을 풀지 못했다.


그가 히어로전에 출전했다는 걸 안 건 오늘 길드협회에서 대진표를 발표한 후였다.

대진표는 시합 일주일 전에 발표되는 것이 지금까지의 관례였는데, 철저히 비밀을 유지해서 공정한 시합을 진행하기 위함이었다.

히어로전이 가지는 위상과 우승자를 배출하는 길드의 영광이 그만큼 크기 때문이었다.

미리 출전자와 대진표를 발표할 경우 자칫 불상사가 발생할지 모른다는 우려로 인해 만들어진 규칙이었다.


어이가 없었고 놀라서 비명이 흘러나왔다.

비록 그가 감찰단의 골든헌터 성기영까지 이겼지만 히어로전에 출전할 거라고는 꿈에도 생각하지 못했다.

과연 그는 히어로전이 어떤 시합인지 알고나 있는 것일까.


히어로전은 각 길드의 최고수들이 출전하는 대회였고, 출전하는 사람들은 차세대 스페셜 마스터에 거론하는 자들이었다.

다시 말해 성기영 정도는 상대할 수 없는 절대강자란 뜻이었다.

히어로전의 제한 규정은 아무것도 없다.

그럼에도 길드의 스페셜 마스터들은 출전하지 않는 것이 암묵적인 룰이었다.

물론 출전할 수도 있으나 그런 경우는 한 번도 생긴 적이 없었다.

그 이유는 간단하다.

그들이 지닌 위상이 그만큼 컸고, 우승한다 해서 얻어지는 것이 별로 없을뿐더러 자칫 우승하지 못했을 경우 은퇴를 각오해야 되기 때문이었다.

스페셜 마스터가 왜 그런 걱정을 하냐고 한다면 현재의 헌터 계급을 전혀 이해하지 못한 것이다.

골든헌터가 같은 골든헌터가 아니라고 계속 말한 것처럼, 이미 각 길드의 골든헌터 중에는 스페셜 마스터급에 도달한 사람이 많았다.

그런 자들이 공인된 스페셜 마스터에 오르지 못한 것은 길드에서 스페셜 마스터의 숫자를 10명으로 한정했기 때문이다.

강자들이 히어로전에 출전하는 이유 중의 하나가 바로 그것이다.

히어로전에 우승한 사람은 그런 규정과 상관없이 스페셜 마스터로 올라가는 특전이 주어진다.


　그의 이름을 발견한 순간부터 걱정이 되어 견딜 수 없었다.

　히어로전에 출전한 자들은 진검승부를 벌이기 때문에 부상자가 속출했다.

　특별하게 제작된 방어구를 입고 싸우지만 내상을 입는 경우는 허다했고 심지어 팔, 다리가 잘려 병신이 된 경우도 많았다.

　물론 그를 믿는다.

　그녀에게 자신했던 그의 말.

　지금 실력으로 붙는다면 정도일과도 싸워볼 만할 거라며 웃던 그의 얼굴이 아직도 생생하다.

　하지만 만약 그의 말이 자신감에 불과했다면, 한정유는 히어로전에서 커다란 패배의 아픔과 고통을 겪어야 할지 모른다.


　위이잉… 위잉…….

　걱정과 상념에 잠겨 탁자에 놓아두었던 커피가 식는지도 모를 때 주머니 속에 들어 있던 핸드폰이 울기 시작했다.

　생각을 멈추고 핸드폰을 꺼내 든 그녀의 얼굴이 일그러졌다.

　그토록 기다렸던 한정유의 전화였기 때문이다.


＊　　　　＊　　　　＊


　대진표가 발표되면서 국민들의 반응은 금방이라도 폭발할 것처럼 뜨거워져 갔다.

각종 언론은 물론이고 중계가 결정된 공중파들까지 하루 종일 히어로전에 관련된 내용들을 떠들었기 때문에 분위기는 점점 고조되고 있었다.

길드협회가 대진표를 발표하는 날, 기자회견장은 기자들로 인산인해를 이루었고 곧바로 출전자들에 대한 특별방송이 진행되었다.

그동안 언론은 출전자들을 예측하면서 우승 후보까지 떠들어 댔는데 막상 출전자들의 면면이 많은 차이를 보이자 크게 당황했다.

언론에서 예측한 출전 예상자와 전혀 다른 인물들이 무려 20명이나 포진되었던 것이다.

KNC의 아나운서 김문형은 PD의 사인이 들어오자 곧장 멘트를 시작했다.

"시청자 여러분 안녕하십니까. 오늘 길드협회에서 히어로전의 출전자와 대진표가 공식 발표 되었습니다. 따라서, 저의 KNC에서는 이번 히어로전의 규칙과 대진 결과, 그리고 출전자들에 대해서 집중적으로 살펴보는 시간을 갖겠습니다. 스튜디오에는 길드협회의 헌터관리실장 정두언 위원님과 해동 길드의 서지연 위원님을 모셨습니다. 어려운 걸음해 주셔서 감사합니다."

김문형이 인사하자 정두언과 서지연이 정중하게 마주 인사를 했다.

두 사람은 히어로전을 위해 KNC에서 특별히 초빙된 스페셜 마스터들로, 규칙과 헌터들의 장단점을 잘 알고 있는 사람들이 었다.


"이번 히어로전의 규칙도 예전과 동일한 것으로 알고 있습니다. 이번 히어로전을 주관하는 정두언 위원님께서 규칙에 대해 간단하게 설명해 주시면 고맙겠습니다."

"예, 방금 말씀하신 것처럼 시합의 룰은 변하지 않았습니다. 3분 3회전으로 진행되며 그 시간 동안 심판진의 판단에 따라 승자를 결정합니다. 대신 마지막 결승전은 3분 5라운드로 진행됩니다."

"이번에 부상을 막기 위해 새롭게 제작된 특수 보호구가 착용된다면서요?"

"그렇습니다. 출전자들은 온몸에 크롬합금으로 제작된 보호구 'TD프로텍터'를 착용하게 됩니다. 'TD프로텍터'는 최첨단 집적회로가 부착되어 공격을 허용할 경우 스크린에 바로 표시되기 때문에 공정한 시합을 진행할 수 있을 것으로 기대됩니다."

"이번에도 정해진 부위 이외에는 공격이 금지되죠?"

"금지됩니다. 만약 정해진 부위 이외의 곳을 공격하면 곧바로 실격 처리 되고 관련법에 의해 처벌됩니다. 특히 다른 부분을 공격해서 부상을 입히거나 살인을 하는 경우 중형에 처해진다는 걸 출전자들은 반드시 숙지해야 됩니다."

당연히 아는 내용들이다.

히어로전의 규칙과 세부 내용을 모른다는 건 아예 관심이 없는 사람들뿐일 것이다.

하지만 그런 사람이 있을 리 없다.

히어로전은 국민 모두가 촉각을 곤두세우며 기다리는 축제였으니 정두언의 설명은 형식적인 것에 불과했다.

"그렇군요. 그럼 이번에는 서 위원님께 묻겠습니다. 길드협회에서 발표한 출전자들을 보니까 의외의 인물들이 상당수 포함되어 있었는데, 거기에 대해서 한 말씀 해주시기 바랍니다."

"말씀하신 것처럼 그동안 언론에서 추측했던 인물들이 대거 탈락하고 새 인물들이 많이 출전했어요. 저도 처음 보는 이름이 꽤 있는데 그동안 전혀 노출되지 않은 헌터들이네요."

"길드에서 출전을 결정했다면 상당한 실력을 가진 사람들일 텐데요?"

"맞아요. 그래서 더욱 기대가 되고 있습니다. 사실 노출된 헌터들보다 그런 사람들이 더 무섭거든요. 헌터의 세계는 숨은 고수들이 많기 때문에 어떤 일이 벌어질지 몰라요."

"유독 눈에 띄는 출전자가 있었습니다. 태풍OR의 한정유 팀장이 이번 출전자 명단에 들어 있는데 여기에 대해 한 말씀 해주십시오."

"그동안 OR에서는 지난 12년 동안 한 번도 히어로전에 출전하지 않았어요. 마지막 출전자가 3회 대회에 출전했으니까 참 오랜만에 OR에서 출전하는 거예요. 아시는 것처럼 한정유 씨는 동영상으로 유명하죠. 그래서 많은 사람들이 기대를 하고 있는 것 같네요."

"서 위원님이 보실 때 한정유 씨의 우승 가능성은 어떻게 보십니까?"

"그동안 OR에서 대회에 출전하지 않은 것은 워낙 실력의 격차가 심했기 때문이에요. 비록 한정유 씨가 꽤 뛰어난 실력을 가지고 있다 해도 길드와의 실력 격차를 감당하기엔 쉽지 않을 거예요."

"그럼 서 위원님께서는 우승 후보를 누구로 보십니까?"

*                    *                    *

한미연은 행복했다.

오빠가 어느 날 각성자로 다시 태어나면서 집안 형편이 좋아져 3개나 뛰던 아르바이트를 전부 그만두고 학업에 열중할 수 있었다.

벌써 대학 4학년.

그동안 아르바이트에 많은 시간을 뺏겨왔으나 한정유가 태풍 OR에 입사하며 엄청난 월급을 받아왔기 때문에 오롯이 도서관에서 시간을 보내며 취직 공부에 전념했다.

돌아온 탕아.

오빠를 생각한다면 정말 어울리는 말이었다.

대학을 졸업하고 게임 폐인으로 지냈던 오빠는 교통사고를 당하며 집안을 거덜내더니 어느 순간 영웅이 되어 돌아왔다.

스켈레톤과 싸우던 모습을 보며 얼마나 놀랐는지 모른다.
사람들을 위기에서 구해내던 오빠의 모습은 그녀가 생각하던 영웅의 모습과 완벽하게 일치하는 것이었다.
더군다나 이어진 감찰팀장과의 대결은 정말 충격적이었다.
한동안 세상을 떠들썩하게 만들었던 오빠의 싸움은 상대가 골든헌터였기에 그 파장이 컸다.

부모님은 오빠가 싸우는 동영상을 보면서 몸서리를 쳤지만 그녀는 아니었다.
자랑스러웠다.
뛰어난 각성자가 되어 사람들의 관심을 한 몸에 끌어당긴 오빠의 모습을 볼 때마다 너무 자랑스러워 웃음이 저절로 흘러나왔다.
오빠는 성격도 변했다.
백수 생활을 하면서 다른 사람과 일절 대화조차 하지 않고 방에서 거의 나오지 않았는데, 이젠 어떤 사람보다 믿음직스러웠고 밝아져 농담도 자주 던졌다.

한미연은 친구들과 함께 점심을 먹기 위해 식당에 들어갔다.
학교 근처의 분식집이었는데 김밥과 라볶기를 잘해서 학생들이 자주 이용하는 곳이었다.

요즘 학생들 사이의 최대 화두는 히어로전이었고, 그건 그녀의 친구들도 마찬가지였다.

어쩌면 당연한 일이다.

3년마다 벌어지는 히어로전은 그 자체만으로도 화제가 되기에 충분했다.

인간의 능력을 뛰어넘은 초인들의 대결.

어느 순간부터 지구상에 나타난 각성자들은 괴물들을 처치하며 세상을 지켜 인간들의 우상으로 거듭 태어났다.

평상시에 그들의 모습을 보는 건 쉽지 않았고 싸우는 모습을 보는 건 더더욱 희박했다.

한정유의 동영상이 수천만의 조회수를 기록한 것도 그런 이유였다.


오늘 아침부터 친구들은 히어로전을 떠들면서 우승자를 점치느라 정신이 없었다.

그동안 언론을 통해 밝혀진 예상 출전자들 중 자신들이 좋아하는 헌터들을 응원하면서 열변을 토해냈다.

어느 때부터인가.

각성자들은 연예인이나 가수들보다 사람들의 관심과 인기를 끌었는데, 인간의 한계를 뛰어넘은 자들에 대한 부러움과 동경에서 발생한 것이 틀림없었다.


유독 오늘따라 친구들이 떠들어댄 건 히어로전의 대진표가 오늘 발표되기 때문이었다.

하지만, 한미연은 친구들의 열변을 들으며 한 귀로 흘렸다.

지금 그녀에겐 보름 앞으로 다가온 취직 시험이 너무나 중요
했기 때문에 온 정신이 그쪽에 쏠려 있었다.

"와아, 특별방송 나온다."

마침 텔레비전에서 히어로전에 관한 특별방송이 막 시작되고
있었다.

12시에 발표한다고 하더니 벌써 대진표가 확정된 모양이었다.

NNC에서 기획한 특별방송은 전문가들이 나와 히어로전에 관
한 모든 이야기를 나눴는데 주로 대진표와 출전 헌터들의 주무
기, 특징들에 관한 분석이었다.

그러던 중에 한순간 텔레비전 화면 가득 한정유의 얼굴이 떠
올랐다.

처음엔 자신의 눈이 잘못된 건 줄 알았다.

그래서 눈을 비비고 다시 쳐다봤다.

아무리 봐도 맞았다.

오빠에 대한 앵커의 설명이 이어졌고, 스켈레톤을 잡았을 때
의 장면이 흘러나왔다.

친구들은 오빠의 모습이 화면에 비추자 먹던 김밥을 내려놓고
정신없이 쳐다봤다.

"저 남자가, 그 사람이야? 동영상에서 볼 때보다 더 잘생겼네.

생긴 것도 잘생겼지만 분기위가 좋아. 우와… 저 눈빛 봐."

"잘생기긴 뭐가 잘생겨. 옷 입은 거 보니 패션 감각이 완전 꽝인데. 우리 한지욱 오빠에 비하면 한참 아래야."

한지욱은 신양길드의 골든헌터로서 연예인처럼 잘생긴 얼굴을 지녀 김수미는 그의 골수팬이었다.

반면에 차영미는 그를 별로 좋아하지 않았다.

워낙 인기가 많았고 잘생겼기 때문인데, 차영미는 잘생긴 남자에게 은근한 거부감을 가지고 있었다.

"야, 한지욱은 기생오래비지. 그렇게 여자처럼 얼굴이 허연 건 난 싫어. 남자는 저 사람처럼 생겨야 해. 남자답잖아. 더군다나 호수같이 깊은 눈. 넌 저 눈에 빠지고 싶지 않아?"

"빠져라, 빠져. 난 저런 남자 트럭으로 가져다줘도 싫어. 앵커가 말하는 거 못 들었니? 그냥 나온 거라잖아. OR에 근무하는 남자가 오죽하겠어. 쟤는 각성자들 중에서도 삼류라고. 내가 예전에 기사에서 봤는데 한정유는 진짜 실력자들 만나면 쪽도 못쓴단다. 저런 놈이 뭐가 좋다고……."

정수미가 툴툴거리며 라면에다 젓가락을 가져다 댔다.

그녀는 자신이 좋아하는 한지욱을 자꾸 한정유와 비교하자 기분이 나빠진 모양이었다.

그러자 친구들의 대화를 듣고 있던 한미연이 김밥을 그녀의 라면에다 던졌다.

"옛다, 김밥. 라면에 김밥이나 말아 먹어."

"너 갑자기 왜 그래?"

"우리 오빠가 너한테 뭘 그렇게 잘못했다고 욕을 하니?! 너 나한테 죽어볼래?"

"무슨 소리야. 누가 네 오빤데?"

"저 사람이 우리 오빠다. 이름 한정유, 나이 서른 살, 한민규 씨의 장남이자 한미연의 하나밖에 없는 오빠. 이젠 니가 무슨 잘못을 했는지 알겠어?"

"거짓말!"

"내가 뭐 하러 거짓말을 해. 믿기지 않겠지만 저 사람이 우리 오빠야."


한미연은 지금까지 친구들한테 오빠 자랑을 한 적이 없다.

아르바이트를 그만둔 걸 가지고 친구들이 물었을 때도 집안 형편이 좋아져서 그렇다고만 둘러댔을 뿐, 한정유에 관한 이야기는 꺼내지 않았다.

유명해진 오빠.

하지만 오랫동안 친구들에게 백수로 지낸 오빠의 존재를 조금 유명해졌다고 자랑하는 건 그녀의 양심이 허락지 않았다.

천천히 지갑을 열어 가족 사진을 꺼냈다.

그런 후 믿지 못하겠다는 표정을 짓고 있는 친구들에게 보여주었다.

"저… 저… 정말이네. 우와… 정말 한정유… 윽, 아니, 오빠!"

"그러니까 앞으로 다시는 우리 오빠 욕하지 마. 그땐 정말 가만있지 않을 거야."

*          *          *

한정유는 무극도를 들어 천천히 허공을 가로지었다.

그의 손길에 따라 무극도에서 금빛 영롱한 용이 빠져나와 허공을 노닐었다.

무극도를 빠져나온 용은 뚜렷한 모습으로 공간 사이를 유영하며 야산의 나무와 바위 사위를 마음껏 노닐었다.

오늘 야산을 찾은 한정유는 그동안 이 세계에 온 이후 한 번도 펼치지 않았던 무극도법의 후삼식을 집중적으로 연마했다.

무극도법의 후삼식은 내공의 소모도 막심하지만 내공이 뒷받침되지 않으면 그 위력이 오히려 다른 초식보다 효과적이지 못했기에 그동안 펼친 적이 없다.

하지만 후정혈이 깨지면서 내공이 뒷받침된 지금, 무극도법의 후삼식 중 천지(天地), 파혼(破魂)을 펼친 결과는 참혹할 정도였다.

현천도법과 같이 운용되며 천지와 파혼이 펼쳐지는 동안 야산은 쑥대밭으로 변했다.

무극도를 거둬들이며 한정유는 천천히 숨을 골랐다.

무극도법의 마지막 초식 천붕에는 수많은 변화가 숨어 있지만 그는 오늘 기수식인 예(藝)만 뽑아내어 용을 확인했다.

다른 변화를 시전하지 않은 건 지형이 변하기 때문이다.

천붕은 다른 초식과 다르게 천지가 번복될 만큼 강력한 위력이 있어 야산임에도 날씨가 좋으면 등산객들이 찾는 곳이었기에 지형을 파괴할 수 없었다.


무극도를 갈무리한 한정유는 멀리 보이는 서울 시내를 바라보며 팔짱을 끼었다.

이 세계에 온 지 벌써 2년이란 시간이 다 되어간다.

참 많은 일들이 있었다.

무공을 되찾기 위한 안간힘을 썼던 일부터 암습을 당해 죽을 뻔한 것까지.

무력이 지배하는 세상에서 힘이 없어 당했던 수모도 한두 번이 아니었다.

그러나, 이제 그런 일은 다시 일어나지 않을 것이다.

임독양맥을 깬 스페셜 마스터라도 지금의 그에게는 상대가 되지 않는다.

이유는 간단하다.

절대강자의 대결에서 내공이 비슷하다면 승패가 결정되는 것은 결국 지닌 무공으로 결판난다.

후정혈이 깨진 이상 현경의 경지에 도달한 고수라면 모를까, 자신의 무극도법을 상대할 수 있는 자는 존재치 않을 것이기 때문이다.

인사동의 뒷골목 카페에 앉은 한정유는 창밖으로 보이는 사람들을 바라보며 시간을 보냈다.

오늘은 일찍 나왔다.

여자와 약속했을 때 남자가 일찍 와서 기다려야 된다는 김가은의 말이 머릿속에서 빙빙 돌아 늦장을 부릴 수 없었다.

그게 예의라고?

도대체 그런 예의는 누가 만들어놓은 건지 모르겠지만 그것이 여자의 마음을 불편하게 만들지 않는다면 굳이 늦게 올 필요도 없다는 판단이 들었다.

김가은이 나타난 것은 그가 카페에 도착해서 10여 분이 지났을 무렵이었다.

하얀 블라우스에 청바지 차림.

오랫동안 사귄 남자와 데이트 나온 것처럼 편한 차림이었음에도 그녀가 입자 모델이 따로 없었다.

건너편에 앉아 있던 테이블의 남자들이 입을 떡 벌렸고, 맞은편에 있던 여자들은 김가은을 알아보자마자 웅성거리기 시작했다.

그럼에도 그녀는 사람들의 시선을 마주하지 않고 곧장 한정유 쪽으로 다가왔다.

"오늘은 일찍 나왔네요?"

"늦게 나오는 게 아니라면서요?"

"내가 빨리 나오라고 해서 일찍 온 거예요?"

"혼날까 봐."

"하아, 착해진 것 좀 봐."

방실거리며 웃는다.

그녀는 한정유의 대답에 기분이 좋아졌는지 활짝 웃었는데 그 미소에 탁자에 놓여 있던 꽃들이 고개를 숙이는 것처럼 보였다.

하지만 차를 시킨 후 그녀의 얼굴에선 금방 웃음이 가라앉았다.

"일단 심문부터 해야겠어요. 정유 씨, 그동안 어디 갔다 온 거예요? 아무리 전화해도 안 되던데?"

"출장 갔었습니다."

"그런 흔한 거짓말 말고. 진실을 말해 봐요. 길드 설립 때문에 남미에 갔다 왔다는 말을 누가 믿겠어요?"

"듣고 싶어요?"

"또 이런다. 듣고 싶다고 하면 또 조건을 걸 생각이죠?"

"하나를 받으면 하나를 주는 게 세상의 이치니까."

"그럼 말하지 마요. 나는 조건 거는 남자는 별로야."

"전 히어로전에 나갑니다. 그건 알고 있죠?"

"먼저 말씀하시네요. 그렇잖아도 걱정했는데. 도대체 히어로전에는 왜 나가는 거예요?"

"우승하려고."

"그게 가능할 거라고 생각해요. 거긴 정말 초고수들의 각축장이에요. 잘못하면 다칠 수도 있단 말이에요!"


걱정스러운 표정.

텔레비전에서는 특수제작한 보호구를 입기 때문에 괜찮은 것처럼 포장했지만, 그동안 대회를 치르며 수많은 사람들이 내상을 입어 병원 신세를 졌다.

그 정도면 다행이다.

심한 경우는 팔, 다리까지 잘린 경우도 왕왕 있기 때문에 한정유의 입에서 히어로전에 관한 말이 나오자 김가은의 표정은 어두워졌다.


"날 못 믿습니까?"

"그건……."

"우승하겠습니다. 우승하면 길드 설립에 커다란 도움이 된다니까, 그때 가은 씨를 모셔오겠습니다. 이게 내 조건입니다."

"길드를 설립하려면 조건이 까다롭잖아요. 그런 조건들은 다 갖춰진 거예요?"

"이미 다 준비가 되었어요. 가은 씨만 오면 모든 퍼즐이 맞춰집니다."

"왜 절 자꾸 오라는 건지 알고 싶어요. 조건들이 갖춰졌다면 제가 꼭 필요한 게 아니잖아요?"

"그걸 꼭 알고 싶습니까?"

"네. 말해주세요."

"전… 가은 씨와 같이 있고 싶습니다. 그래서 가은 씨가 옆에 있기를 원합니다."


숨을 들이켰다.

한정유의 말이 끝나자 김가은은 숨을 멈추고 한동안 움직이지 않았다.

가끔가다 장난스럽기도 했지만 지금의 한정유는 깊고 깊은 눈으로 자신을 바라볼 뿐, 더 이상 아무런 말도 하지 않았다.

자신의 마음을 송두리째 빼앗아 버릴 것 같은 깊은 눈.

그 눈이 모든 것을 말해주고 있었다.


같이 차를 마시고 밖으로 나와 아름다운 야경이 보이는 식당에 들어가 밥을 먹었다.

한정유는 끝내 한 달이 넘도록 사라졌던 이유를 말하지 않았지만 김가은도 더 이상 묻지 않았다.

지금은 그런 것에 매달릴 여유가 없었다.

자신의 옆에 서서 영화관에 입장하길 기다리는 이 남자.

그의 체취가 정신을 어지럽혀 아무런 생각도 하지 못하게 만들었기 때문이다.

제22장
히어로전

길드협회가 주관하는 히어로전은 협회가 추진하는 가장 커다란 사업 중 하나다.

길드로부터 매년 운영자금을 지원받는 형태로 출발했으나 상위 단체로서의 위상이 정립된 것도 히어로전이 자리를 잡기 시작한 후였다.

막대한 기업의 후원금과 광고료, 방송사로부터 받는 중계료, 그리고 관중 수입 등은 천문학적인 수입을 발생시켰고 길드의 위상을 강화시키는 효력을 발생시키기에 충분했다.

히어로전은 5만 명을 수용할 수 있는 강남 돔 경기장에서 치러지는데, 선수들의 움직임을 한눈에 볼 수 있는 로열석은 100만 원, 가장 상단 스탠드의 일반석도 20만 원이었다.

그럼에도 3년 전 벌어진 히어로전에서는 암표가 성행해서 결승전의 경우 로열석 표가 500만 원까지 치솟을 정도였다.

사람들은 커다란 돈을 지불하는 한이 있어도 초인들이 벌이는 결투에 아낌없이 돈을 쏟아 부었다.


길드협회장 강신쾌는 소파의 상석에 앉아 기획본부장의 보고를 받으며 연신 고개를 끄덕였다.

일을 잘하는 부하 직원을 둔다는 것은 복 중에서 커다란 복이다.

기획본부장 이장원은 그의 수족으로 두뇌 회전이 빠르고 일 처리가 완벽해서 어떤 일이든 믿고 맡길 수 있는 사람이었다.


"그럼, 이제 기업 광고 문제는 전부 해결된 건가?"

"그렇습니다. 이번 히어로전에서 들어오는 후원금과 광고료를 합치면 700억이 훌쩍 넘습니다."

"3년 전보다 수입이 훨씬 좋아졌군. 중계료와 관중 수입비까지 합치면 2,000억이 넘지?"

"기타 수입까지 전부 합해 2,200억 정도 예상하고 있습니다."

"대회 준비는?"

"차질 없이 진행되고 있습니다. 대통령이 직접 축사하는 것으로 결정되었고, 위기관리 장관을 비롯해서 관련 장관들과 국회의장과 여, 야 대표, 기업들의 회장들이 참석할 것입니다."

"이 본부장이 그동안 고생 많았어."

"이제 대회 시작까지 3일 남았습니다. 대회 마지막 날까지 아무런 사고 없이 끝날 수 있도록 최선을 다하겠습니다."

"허허, 자네가 오죽하겠나……. 그런데 그 한정유 말이야. 그 자는 어떤가?"

"전혀 아무 일 없었던 것처럼 회사에 다니고 있습니다. 저희들이 수집한 정보로도 그놈은 사경을 헤맸습니다. 온몸에서 피가 흘러 혈인이 되어 나갔다는데, 지금 멀쩡하게 돌아왔다고 하니 이해가 되지 않습니다."

"고수란 뜻이지. 치명적인 부상이 아니라 피류에 난 상처 정도 였다면 충분히 치료할 수 있는 시간이었어. 자네도 알잖아?"

"그렇긴 하지만 흑암과 싸워서 피류 정도로 끝났을 리 없잖습니까?"

"놈의 실력이 우리가 생각한 것 이상이라면 충분히 가능한 일 아니겠나. 히어로전에 나온 것만 봐도 짐작이 가. 그놈은 아무래도 스페셜 마스터급인 것 같아."

"그렇다면 파란이 일어날 수도 있겠습니다. 도대체 그런 놈이 어떻게 태풍OR에 있는 건지 도저히 이해가 가지 않습니다."

"파란은 아무 때나 일어나는 게 아닐세. 이번 출전자들은 역대 최강이란 평가를 받고 있어. 내가 길드의 회장들을 만나 보니까 서로 우승을 장담하더군. 이번 히어로전 우승을 위해 그동안 길러온 비밀 병기들을 출전시켰다는 뜻이지. 한정유의 실력을 눈으로 봐야겠지만, 결국 우승자는 길드에서 나올 거야."

"그래서 모르는 자들이 대거 출전한 거군요. 길드의 회장들이 장담할 정도면 이번 대회는 예상외의 결과가 많이 생기겠는데요."

"나도 그래서 기대가 돼. 참, 이 본부장. 천왕회의 움직임은 어떤가?"

"전혀 없습니다. 그자들은 다시 수면 아래로 들어간 것 같습니다."

"흑사회를 계속 관찰해. 그림자로 지내던 놈들이 기어 나오면 세상이 복잡해지니까."

"알겠습니다."

"태풍OR에서 길드 설립 준비를 한다지?"

"들어온 첩보에 따르면 그렇습니다. 저희 정보부서에서는 천왕회가 개입된 것이란 판단을 내리고 있습니다. 한정유의 일에 발을 담은 것도 그 일환이 아닐까 추측하고 있습니다."

"가소로운 놈들. 우리가 그냥 물러서니까 만만하게 보인 모양이군."

"설립 허가는 우리가 쥐고 있으니 놈들의 꿈은 망상에 지나지 않을 겁니다. 그건 제가 알아서 정리하겠습니다. 어둠에서 살던 놈들은 계속 어둠 속에서 살도록 조용하게 돌려보내겠습니다."

"말 나오지 않도록 깨끗하게 처리해."

"염려 마십시오."

이장원이 자신 있게 대답하자 강신쾌의 얼굴에 환한 웃음이 떠올랐다.

당연히 믿는다.

기획본부장을 맡고 있는 이장원은 그런 면에서 둘째가라면 서러울 정도로 노련한 사람이었으니 태풍OR이 길드로 격상되는 일은 때려죽여도 없을 것이다.

"이 본부장, 우리 개막식이 끝나면 '청산'에 가자. 그동안 고생했으니까 내가 진하게 한잔 사지. 자네 좋아하는 수연이가 잘 있는지 모르겠구먼. 히어로전 준비 때문에 오랫동안 안 가봐서 얘들이 바람난 건 아닌지 몰라."

*      *      *

중도 일보의 괴수 전문 기자 한태수와 신창 일보의 정상일은 나란히 강남 돔 경기장 최상단 스탠드에 앉아 3일 후에 치러질 전투장을 지켜보며 커피를 마셨다.

전투장에는 최종 점검을 하기 위해 여러 명의 사람들이 움직이고 있었는데 마치 개미 떼처럼 보였다.

멀다, 하지만 압도적인 규모다.

"여기서 볼 거면 차라리 집에서 텔레비전으로 보는 게 낫겠다."

"현장감이 다르잖아. 저번 대회에서 못 봤어? 5만에 달하는 관중들이 미쳐서 광란하는 걸 보면 나도 소름이 끼쳐. 더군다나 대형 스크린이 12개나 설치되니까 여기서도 코앞에서 보는 것처럼 느껴진다고."

"몰라서 한 말이겠냐. 말이 그렇다는 거지."

"휴우, 기대된다. 앞으로 한 달 동안 대한민국이 광풍에 빠져들 걸 생각하면 입술이 바짝바짝 말라. 우리는 죽어나겠지만."

"그래도 히어로전이 있어서 밥값 하는 거잖아. 힘들어도 열심히 뛰어다녀야지."

"야, 담배 피지 마!"

"괜찮다. 슬쩍 피우면 아무도 몰라."

정상일이 말렸어도 한태수는 기어코 담뱃불을 붙여 길게 한모금 뿜어냈다.

그런 후 나른한 표정을 지으며 세상을 다 가진 사람처럼 웃음을 흘려냈다.

"야, 정 기자. 넌 한정유 어떻게 생각해?"

"뭘?"

"난 내일 정도에 타이틀을 이렇게 뽑을 생각이야. '12년 만에 출전한 OR의 기대주. 히어로전의 우승을 노리다'. 어때, 멋있지?"

"지랄한다. 전문가들이 전부 아니라고 하는데 그런 제목을 뽑으면 데스크가 그냥 있을 거 같냐. 왜 스스로 무덤을 파!"

"정말 내가 무덤을 파는 거라고 생각해?"

"그럼 아니냐?"

"난 아무래도 감이 이상해. 저번에 스켈레톤 처리했을 때 길드 애들이 평가 절하할 때는 그런가 보다 했는데, 감찰팀장 때려 눕혔을 땐 유독 심했어. 길드협회는 물론이고 전문가란 놈들이 전부 나서서 별거 아닌 것처럼 이구동성으로 떠들어댔잖아. 난 그게 기분 나빠. 아무래도 그놈은 뭔가 있을 것 같단 말이지."

"그래서, 넌 정말 한정유가 우승할지도 모른다는 거야?"

"응."

"이유를 대. 기자답게."

"난 각성자가 아니라서 한정유의 실력이 정말 어느 정도나 되는 건지 몰라. 그런데 이상하게 냄새가 난다. 이걸 보고 사람들은 민완 기자의 감이라고 부를걸?"

"웃겨."

"정 기자. 우리 같이 한정유를 띄워보자. 원래 대박은 확률이 희박할 때 나오는 거잖아. 더군다나 우린 걔한테 신세진 게 있으니까 이번 기회에 빚도 갚고."

"무슨 빚?"

"저번 스켈레톤 때 특종 터뜨린 거 벌써 잊어버린 거냐? 사람이 양심 좀 가지고 살면 안 돼?"

"흥."

"같이해야 잘못돼도 덜 아파. 우린 단짝이니까 같이하자. 이런 비상시국에는 행동 통일을 해야 돼. 그래야 파괴력도 커져."

"이 자식은 꼭 물귀신처럼 죽을 자리만 데려가. 그러다가 잘리면 네가 책임질래?"

"그러지 뭐. 그렇지 않아도 우리 마누라가 이혼하자고 방방 뜨는데 네가 대신 들어와서 살아."

*　　　*　　　*

개막일의 날이 밝았다.

구름 한 점 없이 화창한 날씨는 늦가을의 아름다움을 한껏

뽐내고 있었다.

한정유는 평소와 다름없이 아침 일찍 일어나 수련을 마친 후 집으로 돌아와 어머니가 해준 밥을 먹었다.

가족들은 약속이나 한 것처럼 히어로전에 관한 말을 입에 올리지 않았다.

그랬기에 한정유도 먼저 입을 열지 않았다.

가족들의 걱정을 안다.

특히 아버지는 입술이 마른지 밥은 먹지 않고 자꾸 물만 마셨다.

어머니는 밤새 잠을 자지 못한 듯 눈이 빨갛고, 여동생은 고개를 숙인 채 깨작깨작 젓가락만 놀렸다.

한정유는 씩씩하게 밥그릇을 싹 비우고 어머니가 내민 물을 받아 마셨다.

그런 후, 자리에서 일어나기 전에 빙긋 웃으며 가족들을 향해 입을 열었다.

"걱정하시는 거 압니다. 절대 다치지 않겠다고 약속할게요. 제가 우승하면 우리 오랜만에 가족 여행이나 갔다 와요."

사무실에 나와 직원들에게 가볍게 인사를 하고는 바로 사장실로 올라가자 먼저 와 있던 김도철이 마중을 했다.

슬쩍 상기된 얼굴.

그 역시 자신 못지않게 이날을 기다리고 있었던 것 같다.

하지만 그의 표정은 남정근에 비하면 아무것도 아니었다.

"한 팀장, 컨디션 어때?"

"좋습니다."

"이 새끼들이 일부러 대회 첫날에 배치한 게 분명해. 한 팀장이 우승 후보라고 이미 눈치챈 모양이야."

자리에 앉자마자 남정근이 실없는 소리를 했다.

그는 전문가들이 꼽은 우승 후보에 한 번도 들지 못했음에도 한정유가 우승할지 모른다는 희망을 절대 버리지 않았다.

더군다나 최근 들어 몇몇 언론이 한정유를 우승 후보에 올리자 그는 아예 신문을 오려 스크랩으로 만들어 놓고 직원들을 볼 때마다 자랑을 하고 다녔다.

하지만, 막상 개막일이 밝아온 지금 그의 표정은 긴장으로 인해 사색으로 변해 있었다.

길드 설립의 첫발을 내딛는 중요한 순간.

자신의 평생 소원을 시작하는 날이었으니 그의 얼굴은 농담을 하면서도 긴장을 풀지 못했다.

"이왕 하는 거 빨리 치르는 게 좋습니다. 기다리는 건 딱 질색이거든요."

"그렇긴 하지. 끝내고 다음 상대가 어떤 놈인지 관찰하는 게 유리하니까 잘된 건지도 몰라. 하지만 조심해야 돼. 박철은 전혀 노출된 놈이 아니라서. 김 본부장, 알아본다고 한 거 어떻게 됐어?"

"청명 쪽에 알아봤는데 거기 애들도 잘 몰라요. 그동안 걔는 던전 청소에 투입되지 않았답니다. 한 달 전에 처음 모습을 드러 낼 정도로 베일에 싸인 인물이에요. 청명 회장이 비밀 병기로 키 웠다는 소문이 파다하더군요."

남정근의 질문을 빈은 김도철이 대답하면서 어깨를 으쓱였다.

첫 상대가 청명 길드의 박철이란 사실을 알고 나서 백방으로 알아봤으나, 길드 내에서도 알려지지 않았기에 심지어 그가 어 느 계열인지조차 알아낼 수 없었다.

쉽게 말해서 부딪쳐 봐야 알 수 있다는 뜻이었다.

거기에 반해 한정유는 두 번이나 대중들에게 노출되었기 때문 에 너무나 잘 알려진 상태였으니 불리한 상태에서 싸워야 한다.

김도철의 설명에 남정근의 표정이 어두워진 건 그런 이유가 있 기 때문이었다.

"청명 회장이 비밀 병기로 키웠다면 꽤 강하겠네. 그 새끼들 이 이번에는 우승해 보겠다고 작정한 모양이구만. 이거 첫판부 터 걱정되는데."

"걱정도 팔잡니다. 우승하자면서 첫판부터 걱정을 하십니까. 혹시, 날 못 믿는 건 아니죠?"

"에이, 그럴 리가 있나."

"1라운드에 끝내고 내려올 테니까 걱정하지 말아요. 도철아, 오늘 시합 끝내고 사장님 주머니나 털어서 오랜만에 소갈비나 뜯으러 가자. 소주도 한잔하고."

"좋지."

남정근과 김도철의 호위를 받으며 한정유가 내려오자 추적본 부장 정용택을 비롯해서 간부진과 직원들이 전부 함성을 질러댔다.

12년 만의 출전.

OR에 근무하면서 싸여왔던 패배감과 자존심의 상처.

그들은 한정유가 히어로전에 출전해서 그런 것들을 한꺼번에 날려주길 간절하게 바라고 있었다.

아예 기대조차 하지 않았다면 이런 함성을 내지르지 못했을 것이다.

하지만 그들은 직접 눈으로 봤다.

골든헌터 중에서도 상위에 있다는 감찰팀장을 일방적으로 두들겨 패는 걸 두 눈으로 직접 확인했으니 한정유에게 거는 기대는 결코 작지 않았다.

한정유는 일부러 주먹까지 들어 올리며 그들을 향해 자신감을 내보였다.

어떤 놈들이 나와도 상관없다.

이번 히어로전은 내가 이 세계에 왔다는 것을 증명하는 본격적인 무대가 될 테니까.

\*        \*        \*

강남 돔에 도착하자 경기장은 사람들로 인해 인산인해를 이루고 있었다.

사방천지, 난리가 아닌 곳이 없었다.

히어로전이 벌어지는 개막일이었기 때문에 그동안 대중들의 인기를 한 몸에 받아온 길드의 골든헌터들이 대거 등장했고, 정부의 주요 인사들과 연예계의 특급 스타들이 속속 도착히면서 경기장 주변은 사람들의 함성으로 귀가 먹먹할 정도였다.

기자들의 숫자도 어마어마했다.

국내 기자들뿐만 아니라 외신기자들까지 몰려들어 곳곳에서 카메라가 눈에 띄었다.

왜 히어로전을 축제라 부르는지 이 장면만 봐도 단적으로 알 수 있었다.

"동측 게이트에 대, 우리 한 팀장이 제법 유명한 스타라서 기자들이 몰려들지 몰라."

"얼굴 뜨거워집니다. 사장님, 가급적 그런 소리 하지 마세요. 소름 끼칩니다."

"내가, 뭐. 틀린 말했어?"

기사에게 지시를 내린 남정근이 뻔뻔스러운 얼굴로 바라보자 한정유는 입술 끝을 끌어 올리며 창밖으로 고개를 돌렸다.

주변에는 모두 뻔뻔한 사람들 투성이라 자칫 방심했다가는 자신도 물이 들 가능성이 컸다.

동쪽 게이트로 가면 괜찮을 것이란 남정근의 판단은 틀렸다.

아니, 그 정도가 아니라 아무래도 잘못 온 것 같았다.

동쪽 게이트는 선수들의 대기실이 있어 관중들이 들어가는 곳과 멀찍이 떨어져 있었음에도 수많은 기자들과 열성 팬들이 잔뜩 몰려 있었기 때문이다.

"아이고, 이거 맨몸으로 때우게 생겼네."

"우리 사장님이 그렇지 뭐. 선수 보호를 전혀 안 하시니 어쩔 수 없어. 정유야, 아무래도 우린 곤욕 좀 치러야겠다."

앞에 먼저 들어가는 행렬을 바라보며 김도철이 입맛을 다셨다.

길드에서 출전한 것으로 보이는 자가 경호원들의 보호를 받으며 입장하고 있었는데 특급 스타처럼 여유 있게 손을 흔들며 걸어가고 있었다.

하지만, 엄살과 다르게 남정근은 오히려 잘됐다는 듯 눈웃음을 지으며 한정유를 바라봤다.

"한 팀장, 이번 기회에 언론 좀 타자. 네가 우승 후보라는 걸 확실하게 인식시키자고."

"저 많은 사람들 앞에서 인터뷰를 하란 겁니까?"

"기회가 좋잖아. 그동안 자네가 피하는 바람에 언론에 노출된 게 별로 없어. 태풍OR 좀 화끈하게 홍보해 봐. 그래야 길드 설립

할 때 도움이 될 거 아냐."

"사장님은 이상한 쪽으로는 머리가 잘 돌아가십니다."

앞에 탔던 김도철이 먼저 내렸고, 그 뒤를 따라 남정근과 한정유가 내리자 기자들의 손에 들려 있던 카메라가 정신없이 흔들거리기 시작했다.

비록 우승 가능성이 낮지만 도착한 선수들은 그들에게 있어 전부 황홀한 먹잇감이다.

더 재미있는 건 꽤 많은 여성 팬들이 한정유를 연호하고 있다는 것이었다.

"야, 너 인기 많다."

"잘생겼잖아. 누가 그러던데 내 외모가 여자들한테 반응이 좋다네."

"누가?"

"여동생이."

"너는 팔이 안으로 굽는다는 말도 못 들어봤니?"

"미연이는 솔직한 애라서 믿을 만해."

한정유의 대답을 들은 김도철이 고개를 획 돌렸다.

계속 이야기해 봤자 자꾸 손해라는 생각이 들었기 때문이다.

남정근이 걸음을 멈춘 것은 기자들의 벽이 일행을 가로막았을 때였다.

기자들은 전면을 가로막은 채 정신없이 셔터를 누르고 있었는데 다른 선수들과 달리 경호원이 전혀 없었기에 가능한 일이었다.

걸음을 멈추자 기자들의 질문이 쏟아지기 시작했다.

"한정유 선수, 이번 히어로전에 OR로는 유일하게 출전하셨는데 한 말씀 해주십시오."

"저는 OR에도 실력자가 있다는 것을 보여주기 위해 출전했습니다."

"그 말씀은 우승도 가능하다는 뜻인가요?"

"당연히 그렇습니다. 제 목표는 우승입니다."

"많은 전문가들이 한정유 선수는 출전하는 것에 의의가 있는 것으로 판단하고 있습니다. 거기에 대해서 어떻게 생각하십니까?"

"그 사람들의 판단이 잘못되었다는 걸 똑똑히 보여 드리겠습니다."

"이전 동영상에서 한정유 선수는 칼을 쓰셨는데……."

많은 질문이 쉴 새 없이 흘러나왔다.

한정유는 카메라 세례를 받으며 그들의 질문에 성실하게 응답하며 시간을 보냈다.

남정근이 원하는 일이었으니 이왕 하는 거 언론들이 좋은 기사를 내보내길 바라면서.

하지만 끝없이 계속될 것 같았던 질문 세례는 불과 5분도 되지 않아 끝나고 말았다.

"피닉스 길드의 정경석이 도착했다!"

누군가의 입에서 나온 고함.
헛웃음이 나왔다.
그 고함 소리에 자신의 앞에서 초롱초롱한 눈망울로 질문을 던지던 기자들이 썰물처럼 뒤쪽으로 빠져나갔던 것이다.
기자들은 한정유를 지나 백 미터 선수처럼 카메라를 들고 뛰었는데, 마치 미친 사람들처럼 보였다.
완전한 무시.
방금 전까지 한정유를 영웅 취급하던 기자들의 태도가 백팔십 도로 변하며 아예 없는 사람 취급을 했다.

"정경석이 누구냐?"
"전문가들이 뽑은 우승 후보 1순위. 국민 인지도 1위, 여자들이 뽑은 신랑감 1위."
"피닉스에 그런 놈이 있었어?"
"텔레비전 좀 보고 살아. 걔도 모른다는 게 말이나 돼? 저놈은 피닉스의 보물이라고 칭해지는데, 차기 피닉스 스페셜 마스터 자리를 예약해 놨다고 알려졌어. 더군다나 생긴 거 봐. 반짝반짝 윤이 나잖아. 누구와는 다르게."
"기자들이 갈 만하네. 그런데 왜 비실비실 웃어?"
"풉…… 그냥 웃음이 나오네."

김도철이 낄낄거리는 모습을 본 한정유의 입꼬리가 슬그머니 올라갔다.

이건 모두 남정근 탓이다.

괜히 기자들하고 인터뷰를 하라는 바람에 잠시 섰다가 오지게 창피를 당했다.

그나마 표정 관리가 된 것은 아직도 남아서 해바라기처럼 자신을 연호하는 여자들이 있었기 때문이다.

"사장님, 갑시다. 기자들이 볼일 다 봤다네요. 만족하셨습니까?"

"저것들이 아직 한 팀장 실력을 몰라서 그래. 참아, 이런 게 세상인심 아니겠나. 자네가 1회전에서 박철을 박살 내면 금방 정신들 차릴 거야."

라커 룸에 들어간 한정유는 본부에 다녀온 남정근으로부터 '제우스'를 받아 들었다.

손가락으로 금속 부분을 두들기자 청아한 소리가 흘러나왔다.

제우스란 이름을 지닌 프로텍터는 초경량 크롬합금으로 만들어졌는데, 지금까지 인간이 만들어낸 금속 중 가장 강한 것으로 알려져 있었다.

단순한 프로텍터가 아니라 옷이다.

제우스는 상반신과 양쪽 팔과 다리, 등에 크롬합금이 부착되어 있었고 나머지 관절 부위는 움직이기 편하도록 가죽으로 처리된 특수복이었다.

대회 규정상 금속 부분만 공격이 가능했다.

과연 이 금속이 자신의 검기를 방어할 수 있을까란 의문이 들었지만 곧장 고개를 흔들고 옷을 갈아입기 위해 탈의실로 향했다.

출전 선수들은 제우스를 입고 개막식에 나가야 하기 때문이다.

탈의실에 들어가 제우스로 갈아입은 후 밖으로 나오자 남정근과 김도철이 두 눈을 동그랗게 뜬 채 자신을 바라봤다.


"우리 정유, 그렇게 입으니까 완전 자세 나온다. 야, 정말 멋있어."

"왜 그래, 어울리지 않게."

"정말이야. 이거 입고 나가면 여자들이 환장하겠는데?"


사실이다.

한정유가 제우스를 입은 모습은 그의 몸매를 완벽하게 살려줘 잘생긴 외모와 더없이 잘 어울렸다.

그리고 김도철의 말은 금방 증명되었다.

문을 빼꼼 열고 들어온 김가은이 한정유의 모습을 보자마자 감탄을 연신 터뜨렸기 때문이다.


"어머, 정유 씨가 이렇게 잘생겼었나. 영화배우 해도 되겠어요."

"얼굴 뜨겁게 왜 그래요……. 그런데 어쩐 일로 여기까지 오셨습니까?"

"협회 측에서 초대를 받았어요. 온 김에 정유 씨를 격려해 주러 온 건데, 제가 온 게 싫어요?"

"그럴 리가요. 그렇잖아도 혹시 올지 몰라 기다리고 있었습니다."

"왜요?"

"가은 씨 얼굴 보고 나가면 잘 싸울 것 같아서. 가은 씨의 미소를 보면 투지가 마구 솟아나거든요."

"그 말 믿어도 돼요?"

"저는 거짓말을 못하는 사람이란 거 잘 아시잖아요."


사과처럼 붉게 물든 그녀의 얼굴을 보면서 한정유가 웃자 지켜보던 김도철과 남정근이 연신 헛기침을 해댔다.

이런 모습은 처음 본다.

무뚝뚝하고 한번 화가 나면 물불 가리지 않던 놈이 여자 앞에서 이런 말을 하다니……

참 세상이 개벽할 일이다.


"다치지 않게 조심하고, 꼭 이기세요. 제가 응원할게요."

"가은 씨가 응원하는데 질 리가 없죠. 걱정 마시고 편하게 지켜보세요."

"그럼 이따 시합 끝나고 봐요. 전 개막식 때문에 가 봐야 할 것 같아요."

금방 사라졌다.

그럼에도 그 짧은 방문에 슬슬 긴장이 차오르던 라커 룸의 분위기가 단박에 바뀌고 말았다.

그만큼 김가은은 아름다웠고, 취할 만큼 짙은 향기를 남겨놨기 때문이다.


"우리 한 팀장, 대단하네. 냉염의 미소가 어쩔 줄 모르는구만. 카사노바가 따로 없어. 말하는 게 꼭 선수 같아."

"연습 많이 한 모양입니다. 저놈 성격에 절대 그냥 나올 말이 아니거든요."

"나도 연습하면 저렇게 될까?"

"한번 해보세요. 될 거란 장담은 못하지만."


*　　　　*　　　　*


시간이 흘러 개막식이 다가오자 한정유는 대기실에서 나와 천천히 복도를 걸어 전투장으로 들어갔다.

전투장의 규모는 직경이 80m의 원으로 형성되어 있었는데 이것이 국제 규격이었다.

출전 선수가 한 명씩 등장할 때마다 강남 돔구장을 꽉 채운 5만 명의 관중들이 벼락같은 함성을 질러댔다.

자신의 자리를 향해 걸어가 선 후 관중들을 바라보았다.

정말 어마어마한 인파다.

언론에서 5만 명을 수용하는 경기장이란 기사를 봤지만 막상 모든 스탠드가 관중으로 들어차자 그들이 내지르는 함성으로 인해 정신이 멍할 지경이었다.

출전 선수는 모두 합해 61명.

그 인원이 토너먼트로 시합을 하는데 하루에 5게임이 벌어지고 1라운드가 모두 끝나면 2일을 쉰 후에 다음 토너먼트가 진행된다.

다시 말해 우승을 하기 위해서는 다섯 번을 싸워야 한다는 뜻이다.


어느 행사건 기다리는 시간은 지루하다.

대통령이 나타나서 격려사를 했고 주무 장관과 초빙된 VIP들이 돌아가며 연설을 했다.

거의 1시간에 가까운 행사가 끝난 후에야 대기실로 돌아올 수 있었다.

하지만 그것이 전부가 아니었다.

공식 행사가 끝나고 나자 축하 공연이 시작되었다.

현재 제일 잘나간다는 아이돌 그룹과 걸 그룹이 총동원되어 공연을 했는데 관중들이 전부 일어나 춤을 출 정도로 신명난 무대였다.


모든 무대가 끝나자 드디어 돔 경기장이 암흑 속으로 빠져들었다.

그런 후 경기장 전체를 울리는 30개의 대고 소리가 시작되었다.

사람의 심장을 떨리게 만드는 대고 소리에 맞춰 어둠에 잠겼던 경기장에 레이저 광선이 분출되기 시작했다.

거대한 함성의 향연.

대고의 북소리와 레이저의 신비로움, 그리고 관중들이 내지른 함성이 조화되며 전장의 긴장감이 극으로 치솟았다.

그리고 모든 빛과 소리가 사라졌을 때, 전투장에는 어느샌가 제우스를 입은 선수들이 출전해서 상대를 향해 서 있는 게 보였다.

멈췄던 함성이 다시 벼락처럼 터졌다.

이제 전 국민들이 기다려 왔던 히어로전의 첫 게임이 시작되는 순간이었다.


"드디어 시작이군."


김도철이 서로를 향해 무기를 꺼내 든 출전자들을 바라보며 침을 꿀꺽 삼켰다.

히어로전에 출전하는 선수들과 일행들은 전투장과 근접한 장소에서 관람할 수 있기에 그들은 막 전투를 시작하려는 출전자들의 기세를 고스란히 느낄 수 있었다.

첫 판에 출전한 자들은 천룡 길드의 안수길과 마성 길드의 윤태용이었는데 둘 다 칼을 쓰는 자들이었다.

한정유는 그들의 기세를 지켜보며 고개를 끄덕였다.

폭발적으로 새어 나오는 기세는 자신이 상대했던 골든헌터 차명석이나 성기영을 훨씬 뛰어넘었는데, 오히려 서지연에게서 느낀 것과 비슷했다.

다시 말해 히어로전에 나온 자들의 수준이 스페셜 마스터급
에 근접해 있다는 뜻이었다.

그리고 그 예상은 경기가 시작되자 눈으로 확인할 수 있었다.


불을 뿜는 공방.

칼과 칼의 격돌에서 연신 폭음이 터져 나왔고, 움직이는 신형
은 유관으로 확인하기 어려울 만큼 빨랐다.

새파란 도기들이 삐져나와 상대를 노리는 일수마다 강력한 위
력이 담겨 있어 그 여파가 관전하고 있는 일행에게까지 느껴졌다.


초고수들의 싸움은 단시간에 끝나지 않는다.

최종 비기를 꺼내기 위해서는 상대의 장단점을 분석하고 적이
지닌 도법의 위력을 체감하며 승부를 내기 위한 마지막 순간을
포착하기 때문이다.

첫판의 게임이 3라운드까지 진행된 것도 그런 이유다.

둘의 경기는 3라운드 종료를 1분 남긴 시점에서 결정되었는데,
천룡 길드 안수길의 공격에 윤태용이 10m나 날아가 쓰러지며
끝이 났다.

최종 비기의 격돌에서 윤태용은 가슴에 타격을 받고 정신을
잃었던 것이다.


*　　　　*　　　　*

대기실로 들어와 크롬합금으로 만들어진 투구를 썼다.

투구는 무슨 장치가 되어 있는지 머리에 쓰자 완벽하게 고정 되었는데 마치 로마시대의 검투사가 쓰던 것과 비슷한 모양이었 다.

투구까지 쓰고 무극도를 들자 완벽한 전사의 모습으로 변했다.

"그런 일은 없겠지만 만약 심각한 부상을 당하면 무리하지 마. 너는 죽다가 겨우 살아난 놈이다. 아직 몸이 완벽하게 회복 되지 않았고, 더군다나 후정혈을 깬 것도 불과 며칠밖에 안 됐으 니 힘들다는 생각이 들면 그냥 나오란 말이야. 알겠어?"

"참, 별 걱정 다 한다."

김도철의 말을 들은 한정유가 쓴웃음을 지었다.

친구로서 걱정이 들어 한 말이겠지만 그 어떤 말도 지금은 귀 에 들어오지 않았다.

김도철은 알까.

자신의 후정혈이 깨졌다는 게 어떤 의미인지를.

그럼에도 아무 말 하지 않았다.

친구의 걱정은 기쁘게 받아들이는 것이 남자의 도리이자 예의 다.

문호량이 들어온 것은 한정유가 출전 준비를 마치고 여유 있 게 앉아 커피를 마실 때였다.

어쩐지 코빼기를 보이지 않는다고 했다.

누구보다 자신의 경기를 기다려 온 놈이었으니 지금 나타난 것도 늦었다.


"우리 친구, 이제 다음 차례네."

"왜 이제야 와?"

"난 바쁜 사람이잖아. 네 경기 보려고 오후 미팅도 취소하고 달려오는 길이야."

"여전히 장하구나."

"오늘 저녁에 너네 사장님이 소갈비 산다며?"

"그건 또 어떻게 알았어?"

"도철이 하고 통화하다가 들었다."

"하아, 저놈은 입도 싸."


한정유가 핀잔을 주자 김도철이 자신의 어깨를 으쓱거렸다.

마치 당연한 일을 한 것이란 표정이었다.

둘의 행동을 문호량이 웃으며 보다가 말을 이었다.


"가급적 천천히 끝내줘. 일찍 끝내면 여기까지 온 보람이 없으니까."

"무슨 소리야?"

"난 네가 싸우는 거 오랜만에 보잖아. 눈이 호강할 수 있도록 천천히 끝내. 갑자기 뚝딱 끝내지 말고."

"넌 내가 혹시라도 다치는 건 걱정 안 돼?"

"말도 안 되는 소릴 하고 있어. 어떤 놈이 널 다치게 하겠냐.

걱정할 걸 걱정해야지."

"태평한 놈."

두 놈이 다르다.

하긴 당연히 다를 수밖에 없다.

마제 시절 자신을 옆에서 지켜본 문호량이 어찌 김도철과 같은 생각을 할 수 있을까.

입술 끝을 올리며 슬쩍 웃자 그 모습을 본 문호량이 따라 웃었다.

그때, 조심스럽게 문이 열리며 김가은이 초조한 얼굴로 나타났다.

출전할 시간이 되자 그녀의 얼굴에는 긴장과 흥분이 자리 잡고 있었다.

걱정?

그래, 맞다. 그녀의 얼굴에 들어 있는 건 걱정이 틀림없었다.


"출전 준비 끝난 거예요?"

"다시 오셨네."

"걱정이 돼서. 그리고 내 얼굴 보고 나가면 이긴다고 해서."

"고마워요."

"다치지 말고 무사히 나와요. 알았죠?"

"이렇게 아름다운 모습을 다시 보여줬는데 당연히 그렇게 해야죠."

"갈수록 예쁜 소리가 느네요. 그런 말은 어디서 배우는 거예요?"

"제 친구들이 그런 방면에 우수한 능력을 가지고 있습니다. 여긴 처음 보죠? 문호량이란 친굽니다. 나중에 같이 지낼 거니까 지금 인사 나누세요."

"하하… 반갑습니다. 제가 그 우수한 능력을 가진 친구 중의 한 명입니다."

한정유의 소개가 끝나자마자 문호량이 대뜸 손을 내밀었다.
그러고는 얼떨결에 내민 김가은의 손을 잡고 흔들어댔다.
뻔뻔한 건지, 경험이 많아서 그런 건지 전혀 어색하지 않은 행동이다.

"역시 아름다우시네요. 냉염의 미소가 이렇게 응원까지 오는 걸 보면 정유가 인물은 인물인 모양입니다. 그렇죠?"

"아… 인물이라기보단 워낙 집요한 성격이라……. 응원 안 오면 삐지거든요."

"잘 보셨네. 성격 파악을 끝낸 걸 보니 앞으로가 기대되는데요. 저 친구는 처음부터 확실히 잡아놓으세요. 그래야 꼼짝하지 못한답니다."

"그건, 장담하지 못하겠어요. 우린 어떤 사이도 아니거든요."

"어떤 사이도 아닌데… 수시로 전화하고 그러시는구나. 가은 씨, 혹시 그렇게 아무 사이도 아닌데 전화해 주는 그런 사람 또 어디 없습니까. 한마디 하면 막 부끄러워서 얼굴 붉어지는 그런 사람?"

"해주는 김에 나도 해주십시오."

옆에 있던 김도철이 불쑥 나서며 손을 들었다.

빙글거리는 얼굴을 한 채.

친구 놈들의 놀림에 김가은의 얼굴이 노을처럼 붉게 물들었다.

노련한 놈들. 남녀 관계에 쐐기를 박는 건 친구들이 최고라더니 이것들은 단 한 번의 기회가 포착되자 여지없이 밀어붙였다.

잘한다, 친구들.


진행 요원의 출전 요청에 맞춰 대기실을 나섰다.

대기실에서 나서는 순간부터 복도를 가득 메운 기자들이 미친 듯 카메라 셔터를 눌러댔다.

진행 요원들이 기자들을 가로막았으나 그들은 한 컷이라도 더 찍기 위해 몸서리를 치며 질문을 퍼부었다.


똑같은 질문.

이길 수 있냐고?

당연히 이길 수 있으니까 나왔지, 그럼 놀러 나왔을까.


한정유는 기자들이 떠드는 소리를 한 귀로 흘려들으며 복도를 걸어 나갔다.

돔으로 들어가는 복도는 꽤 긴 편이어서 진행 요원들은 기자들을 막느라 정신이 없었지만, 한정유는 비워진 길을 따라 성큼성큼 걷기만 했다.

이윽고, 어두워진 전투장이 눈앞으로 다가왔다.

주최 측에서는 고의적으로 이런 분위기를 연출하고 있는 게 틀림없었다.

관중들의 흥분을 최고조로 끌어 올리기 위한 장치다.

시합과 시합 사이의 간격은 무려 20분. 그사이에 주최 측은 관중들의 뜨겁게 달아오른 흥분을 지속시키기 위해 이전 대회의 주요 장면들을 대형 스크린에 상영했고, 각종 퍼포먼스와 레이저쇼 등을 펼쳐냈다.

천천히 걸어 전투장의 끝에 서자 컴컴했던 어둠 속에서 레이저 조명이 날아와 자신의 모습을 비췄다.

그에 맞춰 5만 명의 관중들에게서 폭탄 같은 함성이 터져 나왔다.

출전 선수가 나오자 새로운 흥분이 끓어올랐던 모양이었다.

한정유는 눈을 들어 맞은편에 서 있는 박철을 바라보았다.

한눈에 봐도 자신보다 머리통이 하나 더 크다.

더군다나 체격도 커서 멀리 서 있는데도 위압적으로 느껴졌다.

그리고 그의 등에 매달려 있는 창이 눈에 들어왔다.

지금까지 베일에 가려져 있던 놈의 정체가 단박에 간파되었다.

먼 곳에 서 있음에도 익숙하게 흘러나오는 기세는 마법 계열이 결코 아니었다.

그렇다면 창술을 익힌 무림 출신의 강자란 뜻이 된다.


양쪽 선수가 지정된 장소에 서자 장내 아나운서의 소개가 그 넓은 경기장을 쩌렁쩌렁 울리며 흐르기 시작했다.

마치 전장에 나가는 전사들을 향한 독전가처럼 웅장하면서 날카로워 사람의 심장을 저절로 뜨겁게 만드는 목소리였다.

한정유는 조용히 서서 아나운서가 자신을 소개하는 소릴 들었다.

별 소릴 다 한다.

철혈의 디펜서니 골든헌터를 부순 신성이라느니 얼굴 뜨거운 말들이 연신 흘러나오는 걸 들으며 실소를 흘렸다.

비록 그게 사실이라 해도 과장되어 소개되어 얼굴이 붉어질 정도였다.

그런데 그게 관중들에겐 먹혔다.

그런 소리들이 나올 때마다 관중들은 열광을 하며 환호성을 내질렀기 때문에 경기장이 떠나갈 듯 울렸다.


양 선수에 대한 소개가 끝난 후 시합을 알리는 긴 부저 소리가 흘러나오자 한정유는 무극도를 오른손에 든 채 처벅처벅 걸어 전투장의 중앙으로 향했다.

관중들의 함성은 극에 달했고 맞은편에서는 박철이 창을 빼든 채 조용히 걸어 나오고 있었다.

드디어 시작이다.

권투 경기라면 심판이 시합 과정을 조율하겠지만 히어로전은 80m의 거대한 원형 경기장에 오직 단 두 사람만 서 있을 뿐이었다.

문호량의 말처럼 길게 끌 생각은 처음부터 아예 가지지 않았다.

오늘 이 자리는 마제의 위용을 세상에 알리는 첫 무대였고 자신은 상대의 무력에 맞춰 관중들의 노리개가 될 생각이 추호도 없었다.

진격세로 창을 치켜든 채 전투장의 중심에 서서 자신을 노려보는 박철을 향해 한정유는 무극도를 겨누었다가 천천히 걸어 앞으로 나아갔다.

3분 3라운드.

비슷한 무력을 지닌 자들에게는 순식간에 지나 버릴 시간일지 모르나 압도적인 무력 차이가 나는 자들의 싸움에서는 영원처럼 긴 시간이다.

후정혈을 관통하며 대해로 나아간 내공이 무극도에 주입되자 삼 척의 푸른 도기가 무섭게 빠져나왔다.

간격이 좁혀지자 장엄하게 빠져나온 도기에서 위험을 느꼈는지 박철이 몸을 날리며 선공을 펼쳐왔다.

공간을 박살 낼 것처럼 뿜어져 나오는 창기.

창의 길이는 3m.

거기에 삼 척의 창기까지 매달렸으니 창첨이 무극도의 길이와 비슷했다.

막강한 위력.

사방을 완벽하게 장악한 박철의 창은 무시무시한 위력을 뿜은 채 거대한 올가미처럼 한정유의 전신을 압박해 왔다.

창기가 사방을 휩쓸며 전신 요혈을 찔러왔으나 한정유는 그것을 무시하고 허공에 떠올랐다.

그런 후 천단세로 향했던 무극도를 창 쪽으로 찔렀다.

무극도법의 3초식 풍뢰(風雷).

단 일격으로 상대의 공격을 분쇄시키고 적을 격살하는 위력을 지녀 전 삼식 중에는 단연 압권인 초식이다.

콰앙, 쾅!

단 한 번의 격돌에 박철의 신형이 뒤로 튕겨 나갔다.

압도적인 힘의 차이.

박철의 안색이 허옇게 변했다.

머릿속이 텅 비었고 지금의 결과가 너무 어이없어 겨우 신형을 세운 채 한정유를 바라보았다.

접근해 온 무극도에서 천근의 거력이 내리 눌렀다.

최선을 다하지 않았지만 단 일격에 이렇게 밀렸다는 게 도저히 이해되지 않을 도력에 주르륵 밀려나고 말았다.

그때, 한정유의 몸이 다시 한번 허공으로 날아오르는 게 보였다.

이, 미친놈이.

확실하게 미친놈이 맞다.

적의 무위를 확인하지 않고 단박에 승부를 보려는 놈의 행동에 저절로 이가 악물려졌다.

무시하는 거다.

단 일격에 승부를 보겠다는 것은 자신을 무시하는 것이 분명했다.

그게 네가 원하는 거라면 맞상대를 해주마.

삼 년의 고통스러운 수련 끝에 가문의 창술을 대성할 수 있었다.

이 창술로 히어로전을 휩쓸기 위해 얼마나 힘든 시간들을 보냈단 말인가.

이를 악물었다.

그런 후 초식의 변화를 생략하고 모든 내공을 끌어 올려 곧장 자신의 최후절초 칠천창을 펼치며 무극도를 향해 마주 뛰어올랐다.

한정유는 박철의 창이 일곱 개로 변하는 장면을 보면서 살짝 입술을 끌어 올렸다.

정면, 그리고 좌우, 머리와 양쪽 팔, 심지어 후위까지.

일곱 개로 변한 창은 거짓말처럼 자신의 온몸을 완벽하게 감싸며 돌진해 들어왔는데 하나하나에 모두 무시무시한 거력이 담겨 있었다.

괜찮군, 좋아.

청명에서 비밀 병기로 키워왔다더니 정말 괜찮은 무공을 지녔구나.

하지만, 너는 상대를 잘못 만났어.

무극도에서 검기의 파편이 공간을 장악하며 쏟아져 나왔다.

쏟아진 검편들이 일곱 개의 창을 향해 무서운 속도로 돌진하며 부딪치기 시작한 건 박철의 무심한 얼굴에서 언뜻 자신감이 흘러나왔을 때였다.

아마, 그는 자신의 공격이 일정 구간 안으로 접근하자 한정유의 대응이 늦었다고 판단한 모양이었다.

쿠르릉, 쿠릉, 쿵!

무극도의 푸른 도편이 마주 찔러온 박철의 창을 향해 터지는 순간 뇌전이 치며 광렬한 폭음이 터졌다.

마치 번개가 바위를 때리는 것처럼 화려하고 광렬한 충격.

일순간에 공간이 정지했고 충격파가 밀려 나가며 사방을 휩쓸었다.

아무도, 그 누구도 입을 열지 못했다.

거대한 경기장이 떠나가도록 소리치던 관중들의 함성도, 응원 소리도, 카메라의 불빛도 한순간에 잠들어 버렸다.

반대편에 쓰러져 입에서 피를 쏟아내며 꿈틀거리는 신형 하나.

그리고 맞은편에 우뚝 서서 자신의 칼을 회수하는 남자의 모습.

남자는 칼을 회수한 후 아무 일 없었던 것처럼 뚜벅뚜벅 경기장을 빠져나가고 있었는데 그 모습이 너무나 태연했다.

5만의 관중들은 한정유가 경기장을 빠져나갈 때까지 충격에서 벗어나지 못했다.

그건 시합을 중계하던 아나운서와 해설자, 그리고 진행 요원들도 마찬가지였다.

불과 경기가 시작된 지 20초.

하지만, 그 20초는 모든 사람들에게 상상 이상의 충격을 가져다주기에 충분하고도 남았다.

제23장

태풍이 분다

VIP석에 앉아 있던 서무원은 경기가 끝나는 순간 움직임을 멈춘 채 두 눈을 부릅떴다.

단 이 합.

첫 번째는 간을 본 것이고, 두 번째 격돌에서 끝장을 봤다.

청명의 박철이 어떤 인물인지 알지 못했다.

하지만, 걸어 나와 지정석에 선 순간부터 뿜어져 나오는 고요한 기도를 보며 감탄을 터뜨릴 수밖에 없었다.

그만큼 박철이 지닌 기세와 기도가 훌륭했기 때문이다.


너무 어이가 없어 한동안 한정유가 전투장을 빠져나가는 걸 보면서 침묵을 지킬 때 옆에 있던 김가은의 들뜬 목소리가 들려왔다.

"국장님, 보셨죠. 저 사람이 이겼어요. 정말 대단하지 않아요?"

"그렇구나."

"또 변한 것 같아요. 예전보다 훨씬 강해졌어요."

"음… 도대체 저놈 정체가 뭘까. 단시간 만에 저렇게 강해지다니 난 도저히 믿겨지지 않아."

"국장님이 보기엔 어떠세요. 저 사람 수준 말이에요?"

"뭐라고 말하기 어렵네. 워낙 빨리 끝나서 추측조차 할 수가 없다. 하지만, 한 가지는 확실한 것 같군."

"뭐죠?"

"저놈은 이번 시합에서 태풍의 눈이 될 것 같다는 예감이 들어."

"그 말씀은 우승도 가능하다는 뜻인가요?"

"이놈아, 너 너무 좋아하는 거 아니냐. 다 큰 처녀가 그리 티 나게 좋아하면 푼수처럼 보여."

"아이, 국장님 말씀해 주세요."

"두고 봐야지. 이번 시합은 너무 많은 변수를 가지고 있거든. 저놈이 강한 건 사실이지만 나는 박철의 수준이 어떤지 모른다. 더군다나 워낙 시합이 빠르게 끝났기 때문에 운에 의해 결정되었을 수도 있어. 예를 들면 박철이 방심했다던가……."

"설마요. 국장님 같은 분이 그런 말씀을 하다니 실망이에요."


김가은이 입술을 샐쭉했다.

말도 안 되는 소리였기 때문이다.

초고수들 간의 대결에서 방심 때문에 졌다는 건 개도 웃을 일이다.

물론 말이 되는 소리도 있다.

이번 히어로전에는 노출된 고수들뿐만 아니라 모습을 감추고 있던 비밀 병기들이 총출동되었으니 앞으로 한정유는 점점 더 강한 상대와 싸울 수밖에 없다는 사실 말이다.


비록 서무원에 비하면 부족하겠지만 그녀 역시 피닉스 길드가 아끼는 골든헌터, 그것도 상위 레벨에 있는 무인이었으니 방금 보여준 한정유의 공격이 얼마나 무시무시한 것인지 충분히 알아볼 수 있었다.

그럼에도 서무원이 엉뚱한 소릴 하는 건 다른 이유가 있다는 뜻이다.

그리고 그것은 곧 서무원의 입을 통해 흘러나왔다.


"생각할수록 아까워서 그런다. 저런 놈을 놓치다니…… 후우, 정도일 그 개새끼 때문에 대어를 놓쳤어. 한정유가 우리 쪽에 들어왔다면 커다란 힘이 되었을 텐데 정말 아깝구나."

"집착이 심하시네요. 어차피 떠난 사람인데."

"그것뿐이냐. 저놈이 우승하면 너도 갈 거라며. 그러니까 절대 안 되지. 난 무슨 수를 쓰더라도 막을 거야. 우리 가은이를 지킬 수만 있다면 저놈 먹는 것에 독이라도 탈 수 있어."

"국장님!"

                    *           *           *

　한정유가 전투장에서 빠져나오자 바깥에서 기다리고 있던 남정근이 만세를 부르며 뛰어왔다.

　그냥 내버려 두면 입이라도 맞출 기세였기에 한정유는 자신을 끌어안은 남정근의 얼굴을 피했다.


　"이거 뭡니까."

　"우와, 우리 한 팀장 대단해. 아이고, 아주 예뻐죽겠어."

　"사장님, 이제 그만 놓고 말합시다."

　"가만있어 봐. 이럴 때 아니면 언제 내가 잘생긴 한 팀장을 끌어안을 수 있겠냐."


　슬쩍 밀치자 남정근이 더 달라붙었다.

　그러자 그 모습을 본 김도철이 유쾌하게 웃으며 참견했다.


　"정유야, 아주 진하게 안아드려라. 사장님이 너 출전한 다음부터 지금까지 눈 감고 기도드렸어. 얼마나 좋으면 저러시겠냐."

　"푸하하! 들었지, 들었지?"


　이 사람, 마치 어린아이 같다.

　얼마나 좋으면 이렇게 할 수 있을까.

　덩실덩실 춤을 추며 즐거워하는 남정근의 어깨를 안아주며 대기실로 향했다.

달라붙는 기자들.

뒤늦게 사태 파악을 한 방송국 카메라와 언론 기자들이 대기실로 향하는 일행을 따라붙었다.

난장판이 따로 없다.

기자들은 한정유가 걸어가는 와중에도 발작을 하며 질문을 해왔는데 한꺼번에 고함을 질렀기 때문에 무슨 소릴 하는지 알아들을 수 없었다.

대기실에 들어와 한정유가 옷을 갈아입기 위해 탈의실로 들어간 사이, 김도철은 시선을 문호량에게 돌렸다.

남정근도 긴장에 젖어 연신 기도를 드렸지만 자신 역시 그에 못지않게 초조했다.

한정유가 출전할 때까지 아무렇지 않은 듯 표정 관리를 했지만 시간이 지날수록 속이 새카맣게 타들어갔다.

그만큼 한정유의 상태가 좋지 않다고 느꼈다.

아무리 강한 고수라 해도 죽다 살아난 지 얼마 되지 않았고, 후정혈이 관통되어 임독양맥이 완성되었다 해도 내공의 증진은 시간에 비례하기 때문이었다.

더군다나 한정유의 상대로 나온 놈은 그저 서 있는 것만으로도 한 자루 칼처럼 느껴졌기에 그런 마음이 더욱 커졌다.

하지만, 문호량은 달랐다.

재회하는 순간 눈물까지 흘렸던 문호량은 가장 친한 친구가 생사투에 출전하는 걸 보면서도 전혀 긴장하는 모습을 보이지 않았다.

처음에는 놈의 얼굴이 원래부터 포커페이스라고 생각했다.

자신도 초긴장 상태였지만 얼굴 표정은 최대한 침착하려 노력했으니까.


"알고 있었어?"

"뭘?"

"정유가 저렇게 이길 거라는 거."

"당연하지."

"휴우… 과거의 정유는 그 정도였구나."

"응. 적수가 없었다. 한 자루 칼만 들면 저놈은 무적이었어. 어떤 자도 3초를 넘기는 걸 난 본 적이 없다."

"그것도 모르고 나만 잔뜩 긴장했네."

"여러 번 말했잖아. 네가 안 믿었을 뿐이니까 날 원망하지 마."

"네가 뻔뻔한 건 알고 있어?"

"난 정유에 비하면 아무것도 아니지. 뻔뻔한 건 저놈이야. 쟤지가 한 짓은 절대 사과 안 하거든. 그리고 사과할 일도 없었어. 마제였으니까."

"됐다."

"그나저나 이 세계에 와서 조금 변했나 했는데 칼을 드니까 마찬가지야. 하여간 고집불통이고 제멋대로라고. 내가 그렇게 부탁했건만 이러잖아. 2초가 뭐야, 2초가. 최소한 5초는 끌어줬어야지. 안 그래?"

*　　　　*　　　　*

귀빈실에 앉아 있던 길드협회장 강신쾌는 화면을 노려보다가 옆에 앉아 있는 기획본부장을 슬며시 바라봤다.

"남정근과 김도철은 아는 얼굴이고, 그 옆에 있는 자는?"
"처음 보는 잡니다. 전혀 노출되지 않았던 얼굴입니다."
"뭐가 보였나?"
"여유, 그리고 강자의 기운, 조직을 이끄는 자들에게서 나타나는 포스. 제가 보기에도 평범한 자는 아닌 것 같군요."
"그렇지?"

강신쾌의 시선이 다시 문호량에게 향했다.
모든 카메라가 한정유를 비추고 있었으나 그의 시선은 한참 전부터 문호량에게 고정되어 있었다.
이긴 것이 놀랐지만 충격을 받지는 않았다.
한정유가 은월각 흑암부대의 공격에서 생생하게 살아나왔다는 것 자체가 그의 실력을 증명해 주는 것이니까.
그럼에도 의외인 것만은 사실이었다.
청명에서 비밀 병기로 키웠다는 박철을 단 2초 만에 박살 낸 것은 전혀 예상치 못한 일이었다.

"조사해 봐."

"바로 타켓팅을 시키겠습니다. 내일 정도면 뭐 하는 자인지 알 수 있을 겁니다."

"미호를 가동해. 아무래도 정보팀은 감당하기 힘들 것 같아."

"미호를요?"

"그 아이는 어디에 있지?"

"어제 싱가폴에서 들어와 힐 호텔에 머물고 있습니다."

"만약 저자가 우리가 생각하는 놈이라면 미호만 추적이 가능할 거야. 그러니 내 말대로 해."

"알겠습니다. 곧 조치하겠습니다."


기획본부장이 즉시 자리에서 일어나 밖으로 나갔다.

그 뒷모습을 보면서 강신쾌가 천천히 상체를 기울여 화면에 비치는 문호량을 바라보았다.

자신의 수족을 둘이나 잃었다.

천왕회의 존재가 뒤에 버틴다는 걸 알고 조용히 물러섰으나 속으로는 끓어오르는 분노를 감출 수 없었다.

천왕회.

그동안 신비로 점철되어 온 어둠의 단체.

정체를 알지 못하는 것과 그렇지 못한 것은 많은 차이가 있다.

만약 놈들의 정체가 고스란히 노출된다면 길드협회가, 아니, 길드 전체가 참을 이유가 없어진다.

작금의 현 세계를 완벽하게 장악한다는 공동의 목표가 있는 이상 뇌관만 터뜨린다면 모든 길드가 한 몸이 되어 싸울 것이기 때문이다.


*　　　　　*　　　　　*


"와아, 씨. 오줌 지렸다."

"미치겠네. 기대는 했지만 이게 뭐야. 완전 끝내주는구만."

"지금쯤 난리 났겠다. 대부분의 국민들이 지켜봤을 텐데 정말 어마어마한 사고가 터졌어."

"이거 빨리 써야겠다, 늦으면 좆 되는 수가 생겨."

"그래야지. 다른 놈들이 전부 올린 다음에 뒷북치면 프런트가 방방 뜰 거다. 지금부터 말 걸지 마, 집중해야 되니까."

"내가 할 소리."


중도일보 한태수와 신창일보 정상일이 노트북을 들고 정신없이 좌판을 두들기기 시작했다.

기자도 글 쓰는 사람이다.

더군다나 이런 시합 결과를 쓰기 위해서는 전투 상황을 상세하게 묘사해야 되기 때문에 소설가가 될 필요성이 있었다.

그런 면에서 두 사람은 탁월한 솜씨를 자랑했다.


타다다닥… 탁탁탁… 타다다닥…….


손가락이 미친 듯이 움직였다.

이런 기사는 촌각을 다투기 때문에 누가 먼저 기사를 송고하

느냐가 승패를 좌우했다.

먼저 기사를 완료한 것은 정상일이었다.

그는 기사가 완료되자 품 안에 있던 핸드폰을 급히 꺼내 들고 악을 쓰기 시작했다.

"유 기사님, 접입니다. 사진 찍은 거 바로 보내주세요. 뭐라고요? 그냥 다 보내세요. 내가 괜찮은 거 뽑아 쓸 테니까. 지금 바로 보내야 합니다!"

핸드폰을 내려놓은 정상일이 한숨을 길게 흘려내는 동안 한태수가 뒤늦게 기사를 끝내고 전화기를 꺼내 드는 게 보였다.

그 역시 마찬가지다.

사진 기자들이 전부 현장에 나가 있기 때문에 기사에 쓸 사진을 받아야 했다.

한태수가 전화하는 동안 정상일은 고개를 빼 들고 한태수의 기사를 훔쳐봤다.

"풍운아의 등장. 태풍OR의 한정유, 강남 돔을 뒤흔들다!"

하아, 이놈.

매번 느끼는 거지만 확실히 센스가 있어.

입맛을 다시며 정상일은 자신이 쓴 기사를 봤다.

자신이 쓴 기사 제목은 '태풍 상륙, 태풍OR의 한정유. 우승을 노리는 비밀 병기'였다.

개막식과 함께 벌어진 히어로전은 대한민국의 언론과 방송을 뒤흔들기에 충분했다.

3개의 공중파에서 동시에 중계했는데 모두 합쳐 시청률이 무려 90%에 달했다.

쉽게 말해 자는 사람, 일하는 사람 빼고는 거의 다 봤다는 뜻이다.


초인들의 대결.

사람들은 인간의 범위를 넘어선 각성자들이 등장하면서 권투나 격투기 같은 것은 아예 볼 생각조차 하지 않았다.

권투나 격투기는 정해진 룰 속에서 인간이 벌이는 가장 치열한 싸움이었으나 히어로전이 등장한 이후 거의 명맥만 유지하는 중이었다.


보통의 인간들이 벌이는 권투나 격투기는 히어로전에 비한다면 코 흘리게 어린아이들의 싸움이나 다름없다.

각성자들의 미친 전투를 본 이후, 사람들은 보통 인간들의 싸움에 전혀 관심을 두지 않았다.


모든 언론들이 오늘 벌어진 히어로전의 결과를 앞다투어 대서특필했고, 각 방송국에서는 특별방송을 제작해서 시청자들을 텔레비전 앞으로 모여들게 만들었다.

단연, 오늘 벌어진 전투에서 영웅은 한정유였다.

그 누구도 이런 결과를 예상하지 못했다.

그동안 언론에서 한정유는 OR대표로 나온 떨거지에 불과하다고 떠들어댔기 때문이다.

심지어 어느 신문에서는 한정유가 히어로전을 빛내기 위해 길드가 일부러 출전시켰다는 뉴스까지 실은 적이 있었다.

오랜 시간 OR에서 출전하지 않았기 때문에 길드협회에서 구색을 맞추기 위해 출전을 강요했다는 것이다.

그런 상황이었으니 국민들이 받은 충격은 훨씬 더 클 수밖에 없었다.

오늘 벌어진 히어로전에서 1라운드에 끝낸 사람은 한정유가 유일했다.

그것도 시합이 시작되자마자 불과 20초 만에 끝냈으니 두 눈으로 한정유의 무력을 확인한 사람들은 그가 태풍의 눈이라는 사실을 의심할 수 없었다.

일행들은 미친 듯이 따라붙는 기자들로 인해 움직일 틈도 없었지만 그 사이를 뚫고 경기장을 빠져나갔다.

남정근이 사주기로 약속한 소갈비를 먹기 위해서.

따라붙는 기자들을 뿌리치는 건 쉬운 일이 아니었으나 강남을 벗어나 잠실 쪽으로 향하자 자연스럽게 해결되었다.

문호량의 전화 한 통으로 인해 벌어진 결과였다.

맹렬하게 따라붙는 기자들의 차량이 검은색 세단에 의해 하나씩 차단되며 떨어져 나갔던 것이다.

"역시, 우리 호량이 능력 좋아."

"뭘, 이 정도 가지고. 그나저나 사장님, 다음 시합부터는 직원들이라도 데려오십시오. 이렇게 번잡해서 선수가 제대로 싸울 수 있겠습니까?"

"아… 그렇지 않아도 그럴 생각입니다."

문호량의 한마디에 남정근이 즉시 고개를 끄덕였다.

그 역시 오늘 벌어진 일을 보면서 뼈저리게 느꼈기에 자신의 잘못을 지체 없이 인정하고 있었다.

그때, 잠자코 있던 김도철의 입이 열렸다.

"정유야, 그놈 어느 정도였어?"

"상위 골든헌터는 아니야. 스페셜 마스터를 꺾기에는 부족해 보이고."

"일부러 강한 인상을 남기려고 그랬던 거냐. 2초 만에 시합을 끝낸 게?"

"그런 것도 있고, 남 앞에서 칼춤 추는 것도 싫었고."

"이 자식아. 화면발을 오래 받아야 태풍OR 홍보를 할 거 아니야. 네 잘생긴 모습을 오래 보여줘야 인기가 올라간다는 거

몰라?"

"그런가?"

"이번 시합 나오기 전까지 사람들이 널 못 알아봤잖아. 동영상 클릭수가 엄청난데도 못 알아본 건 핸드폰으로 찍어서 얼굴이 잘 안 나왔기 때문이야. 하지만 이번엔 다르잖아. 방송국 카메라가 아주 제대로 찍어준다고."

"하고 싶은 얘기가 뭐야. 다음엔 시간을 끌란 말이냐?"

"응."

"너 정말 그것 때문에 그러는 거 아니지?"

"흐으, 눈치 빠른 놈. 난 네 도법을 제대로 구경조차 하지 못했다. 워낙 빨리 끝나서. 그러니까 다음에 조금 오래 끌어 봐. 우리 정유가 지닌 도법이 얼마나 강한 건지 구경 좀 하게."

"소원이라면."

"뭐가 이렇게 쉬워?"

"넌 호랑이와는 다르니까."

"하아, 그렇지. 내가 호랑이와 다르긴 하지. 그래도 이 세계에서 15년을 같이 살았으니까 아무래도 내가 더 친할 거야. 그렇지?"

"단순한 놈."

"뭐냐, 그 표정은."

"호랑이는 부탁을 안 들어줘도 가만있지만 넌 끝까지 괴롭히잖아. 그러니 들어줄 수밖에."

두 사람의 대화를 호기심 어린 눈으로 지켜보던 문호량과 남정근이 박장대소를 터뜨렸다.

표정이 일그러지는 김도철과 다르게 그들을 즐거워 죽겠다는 얼굴을 하고 있었다.

*            *            *

한민규는 아들의 시합을 지켜보다가 두 주먹을 움켜쥐고 눈을 꾹 감고 말았다.

옆에서는 딸이 자리에서 일어나 방방 뛰어다녔으나 그는 길게 한숨만 내리쉰 채 당당한 모습으로 퇴장하는 아들의 모습을 지켜만 봤다.

아내는 시합이 벌어진다는 것을 알고도 안방에서 끝끝내 나오지 않았다.

그녀는 아들이 싸우는 모습을 본다는 게 두려운 모양이었다.

얼마나 지났을까.

아들에게서 전화가 왔다.

"아버지, 오늘은 사장님이 소갈비를 사준다고 해서 저녁을 먹고 들어가겠습니다."

"그래, 수고했다."

어떤 말도 할 수 없었다.

아들은 시합에서 이겼다는 말조차 하지 않았고 그 역시 자세한 걸 묻지 않았다.

뒤늦게 딸아이의 비명 소리에 안방에서 뛰쳐나온 아내가 두 손을 모은 채 기도 드리는 장면을 확인하고 한숨을 길게 흘려냈다.

아내의 마음을 알기에 그 모습이 너무 안타까웠다.


텔레비전에서는 온통 히어로전에 관한 이야기들로 가득했지만, 단연코 화제는 한정유에게 몰려 있었다.

가슴이 떨렸다.

이렇게 멋진 아들을 갖게 만들어준 하나님께 절이라도 하고 싶은 심정이었다.


"여보, 정유는 밥 먹고 온대. 아무래도 우리끼리 식사해야 될 것 같아."

"오늘 같은 날… 일찍 들어오지……."

"저녁만 먹고 바로 들어온다니까 늦지는 않을 거야. 그놈 들어오면 술 한잔하게 준비나 해놔. 아무래도 오늘은 맨정신으로 잠들지 못할 것 같아."

"나도 마실래요. 미연아, 너도 같이 마시자. 오늘은 우리끼리 조촐하게 한잔하자."

"예, 엄마."


*　　　　　*　　　　　*

대한민국을 뜨겁게 달구는 히어로전이 벌어지고 있음에도 세상은 변함없이 돌아갔다.

시합을 마친 한정유는 다음 날 평상시처럼 출근했고, 직원들의 뜨거운 박수갈채를 받았다.

직원들은 이제 한정유를 완전히 영웅으로 대접했다.

지금까지 천대받았던 OR의 직원이었기에 한정유의 승리에서 느끼는 감정은 더 각별했을 것이다.


특히 팀원들은 한정유를 본 후 팔짝팔짝 뛰었다.

자신들을 이끄는 팀장이 히어로전에 나가 압도적인 실력으로 1회전을 통과하자 그들은 하나님을 마중하는 자세로 달려왔다.


"팀장님, 진심으로 축하드립니다."

"고맙다."


땀으로 범벅된 모습들.

이젠 누가 시키지 않아도 팀원들은 습관처럼 스스로 수련에 매진하고 있었다.


"우리 팀장님, 너무 멋있었어요. 마지막에 그 포스. 캬아…….
적을 쓰러뜨리고 처벅처벅 걸어 나가는 모습. 그거 보셨어요?"

"뭘?"

"텔레비전 화면에 팀장님이 걸어서 퇴장할 때 관중석을 비췄는데 여자들이 막 비명을 지르면서……. 남자인 제가 봤을 때도 멋있는데 여자들은 오죽했겠어요."

"그놈 참. 얼굴 뜨겁게 만드는 재주가 있어."

이철승이 침을 튀기며 말을 하자 한정유가 입맛을 다셨다.

팀원들에게 존경받은 건 괜찮지만 칭찬받는 건 어색했기 때문이다.

그때, 막내인 서지현이 나섰다.

"철승 오빠 말은 정말이에요. 제 친구들이 전부 난리가 났다니까요. 팀장님이 피닉스 길드의 정경석보다 더 멋있대요. 저 보고 사인받아 달라고 막 부탁하는 바람에 얼마나 힘들었는데요."

"겨우 한 번 싸웠는데 그럴 리가 있나."

"에이, 이렇게 자신을 몰라. 일부러 그러는 거죠?"

"뭘?"

"팀장님도 스스로 잘생긴 거 알면서 괜히 그러는 거잖아요. 좋겠다, 누구는. 여자들한테 인기 짱이라서."

"쓸데없는 소리하지 말고 그동안 익힌 거나 보자. 내가 출장 갔다 와서 히어로전에 출전하느라 그동안 못 봐줬으니까 오늘 오랜만에 대련이나 해볼까?"

"으악, 오시자마자 패겠다고요?"

"사랑의 매지. 누구부터 할 테냐. 난 철승이부터 예뻐해 주고 싶은데 너희들 생각은 어때?"

"좋아요!"

맨 앞에서 서지현의 말을 들으며 낄낄거리던 이철승의 얼굴이 단박에 사색으로 변했다.

하지만, 뒤쪽에 있던 놈들은 이구동성으로 반색을 하며 이철승을 앞으로 떠밀며 뒤로 물러났다.

맞을 때 맞더라고 남이 먼저 맞는 걸 먼저 구경하겠다는 심보였다.

*　　　*　　　*

시간은 계속 흘러갔다.

텔레비전에서는 연일 벌어지는 히어로전을 방송하면서 온 종일 그 이야기뿐이었고, 사람들은 점점 더 광풍에 젖어갔다.

한정유는 첫 시합을 끝낸 후 일주일마다 두 번을 더 싸웠다.

김도철의 청을 들어주지 않았다.

자신의 싸움은 누군가에게 보여주기 위함이 아니라 오로지 자신의 강함을 세상에 내보이기 위함일 뿐이다.

과감하게 부쉈다.

1초에서 상대의 기세를 가늠했고, 2초에서 상대를 쓰러뜨렸다.

"한정유, 또 1라운드 23초 만에 승리. 거침없는 전진. 강력한 우승 후보로 떠오르다!"

언론은 세 번의 경기에서 전부 1회전, 그것도 30초 이내에 승부를 결정지은 한정유에게 뜨거운 열광을 퍼부었다.

그건 히어로전을 지켜보던 관중들과 텔레비전으로 시합을 보던 대한민국 국민들 모두 마찬가지였다.

새로운 초강자의 등장.

모든 시선이 한정유에게 쏠렸다.

지금까지 1라운드에서, 그것도 초 단시간 내에 상대를 격파한 것은 오직 한정유뿐이었기 때문이다.

"이젠 조심 좀 해. 이제부터는 진짜 강한 놈들이 나온단 말이다. 정유섭은 나도 잘 아는 놈이야. 결코 만만한 놈이 아냐."

"조금 떨어져서 말해. 그리고 네가 내 애인이냐. 바짝 붙어서 속닥이게?"

"이 자식아. 걱정을 하면 좀 들어 처먹으면 안 돼?"

김도철이 눈을 부릅떴다.

벌써 8강전.

더군다나 상대는 강력한 우승 후보 중 하나로 손꼽히는 JK의 정유섭이었다.

하지만, 한정유의 얼굴은 천하태평이었다.

"알았어. 조심할게."

"아이고, 내 팔자야……."

"그냥 내버려 둬. 정유가 알아서 하겠지."

김도철이 한숨을 길게 흘려내자 옆에 있던 문호량이 빙긋 웃으며 끼어들었다.

그러자 김도철인 도끼눈을 떴다.

"너도 똑같은 놈이야."

"친구는 원래 닮는다잖아. 너도 곧 그렇게 될 거다."

"내가 너희들하고 무슨 말을 하겠어. 죽기 싫으면 마음대로 해. 괜히 깔보다가 다쳐놓고 나한테 화풀이하면 진짜 죽는다."

"응, 절대 원망 안 할게."

잘하면 휘파람까지 불 기세다.

그만큼 한정유는 여유로운 태도로 김도철의 고함 소리를 들으며 자리에서 일어났다.

이미 대기실 밖에는 진행 요원들이 출전을 해야 된다며 문을 연 채 기다리고 있었다.

$$* \qquad * \qquad *$$

콰앙!

한정유는 8강전 상대로 나선 JK길드 정유섭의 장검을 튕겨내며 앞으로 전진했다.

JK길드는 대한민국을 이끌고 있는 3대 명문 길드였고, 정유섭은 명문을 대표해서 나온 자답게 항상 다섯 손가락 안에 끼던 우승 후보였다. 하지만 1초 만에 뒤로 주르륵 밀려 나갔다.

단 일격에 정유섭을 뒤로 물러나게 만든 한정유가 천천히 걸어 앞으로 걸어 나가며 무극도를 앞으로 내밀었다.

비록 뒤로 물러섰음에도 정유섭은 아무런 충격을 받지 않은 것처럼 곧장 장검을 치켜들고 공중으로 도약하며 전진해 오고 있었다.

역시 강하다.

지금까지 예선전을 치렀던 자들과 다른 수준을 지녔다.

지난 세 번의 시합에서 단숨에 승부를 본다는 게 노출되었기 때문인지 정유섭은 먼저 이번 격돌에서 승부를 볼 생각인 것 같았다.

그랬기에 무극도법의 제6초식 은하(銀河)의 기수식을 잡고 적이 접근해 오기를 기다렸다.

검기의 물결이 파도처럼 밀려드는 걸 보면서 한정유는 뛰어오른 상대를 향해 준비해 놓았던 도기의 파편, 유성을 쏘았다.

초고수들 간의 싸움에서 지형이 차지하는 이점은 단연코 하방향이 유리하다.

현대 과학으로는 중력이라 말하겠지만 무공에서는 그것을 지향이라 말한다.

지향은 밑에 있는 적을 공격하면서 자신의 내공을 우주의 기운과 합치시키는 장점이 있어 내공이 비슷할 경우 유리한 국면으로 이끌 수 있었다.

그렇기 때문에 초고수들은 상대가 일방적으로 허공을 격하고 공격하는 것을 용납지 않는 것이다.


하지만, 한정유는 마주 뛰어오르지 않은 채 쏟아지는 검기의 물결을 고스란히 받아들였다.

먼 곳에서 남정근의 비명 소리가 들려오는 게 들렸다.

강력한 검기의 물결이 자신의 전신을 뒤덮는 걸 보며 걱정으로 비명을 지른 게 분명했다.

그 양반, 놀라기는.


하얀 섬광.

무극도를 내리쬒는 검기를 향해 빛살 같은 속도로 뿌리자 광활하게 생성된 유성들이 쏟아지는 검기들을 뒤덮으며 솟구쳐 올라갔다.


콰르릉… 쾅… 쾅… 쾅!


한 번의 충돌음이 아니다.

그 넓은 강남 돔을 뒤흔들 정도로 굉렬한 충돌음이 마치 지진이 일어나 흔들리는 것처럼 발생했다.

검기와 도기가 충돌하며 충격파가 발생되어 관중들 쪽으로 밀려 나갔다.

만약의 사태를 대비해서 전투장과 관중석은 30m나 떨어져 있지만 관중들은 자신들을 훑고 지나가는 기파로 인해 눈을 감은 채 양팔로 몸을 보호해야 될 정도였다.

그리고 다시 나타난 정적.

기파의 영향을 받지 않은 관중들로부터 파생된 함성이 앞쪽으로 퍼지며 곧 강남 돔 경기장이 광란의 물결에 휩쓸었다.

한정유가 또다시 상대를 쓰러뜨린 채 오연하게 서 있는 모습이 보였기 때문이다.

관중들의 함성 소리를 들으며 한정유는 죽은 듯이 쓰러져 있는 정유섭을 바라보았다.

그가 펼친 마지막 공격이 워낙 훌륭했기에 평소보다 내공을 더 썼다.

경기 진행 요원들이 미친 듯 달려왔고, 곧이어 대기하고 있던 앰블런스가 요란하게 전투장으로 들어왔다.

아마, 정유섭은 내상을 치료하느라 한동안 힘든 시간을 보내야 할 것이다.

미안하다. 그리고 너무 억울해하지 마라.

내 칼을 세 번 이상 휘두르게 만들 수 있는 건 스페셜 마스터, 그것도 상위에 있는 자들밖에 없다는 걸 나중에 안다면 그렇게 억울하지 않을 거다.

　　　　　*　　　　　*　　　　　*

　4강이 결정되는 순간 전 국민을 휩쓴 광풍은 극에 달했다.

　전혀 예상하지 못했던 결과.

　그동안 전문가들이 꼽았던 우승 후보자는 전부 탈락하고, 오직 피닉스 길드의 정경석만 남았기에 국민들은 놀람과 흥분을 멈추지 못했다.

　4강에 오른 자들의 명단은 다음과 같았다.

　피닉스 길드 — 정경석.

　해동 길드 — 유탄.

　정문 길드 — 기남철.

　태풍OR — 한정유.

　정경석은 언제나 우승 후보에 꼽힌 강력한 고수였으나 나머지는 전문가들로부터 철저히 외면받은 사람들이었다.

　한정유는 더욱 그랬다.

　그는 길드 출신도 아니었고, 심지어 구색 맞추기로 참가한 선수에 불과하다는 평가까지 받았다.

　더군다나 3번의 초반 승리에도 전문가들은 8강전에서 정유섭의 승리를 점쳤고, 도박사들마저 한정유의 승리를 30% 확률로 매겼다.

　그 이유는 간단했다.

초반 승리에는 몇 가지 이유가 있는데, 한정유의 전략을 몰랐던 상대의 방심과 대진표가 좋아 철저하게 약자들과 만나는 운이 작용했다는 것이다.

또 하나의 큰 이유는 8강전에 남은 자들의 무력이 한정유가 감당하기 어려운 강자들만 남았다는 것이다.

그랬기에 한정유의 8강전 승리는 더욱 충격적이었다.

정유섭은 자타가 공인하는 강자 중의 강자였기 때문이다.

4강전이 확정되자 그 누구도 함부로 한정유가 강력한 우승 후보라는 걸 외면하지 못했다.

그것은 텔레비전 특별 방송에 출연한 전문가들도 마찬가지였다.

"서 의원님, 한정유 선수가 무서운 기세로 4강까지 올라왔습니다. 처음의 예측과 전혀 다른데 그 이유를 말씀해 주시겠습니까?"

"시청자 여러분께 죄송하다는 말씀을 먼저 드릴게요. 저는 그동안 한정유 선수에 대해 너무 몰랐던 것 같습니다. 그래서 잘못된 예상을 내놓았습니다. 정말 죄송스럽게 생각합니다."

"너무 솔직하게 말씀하시는군요. 하지만 시청자 여러분께서도 아마 이해해 주실 거라고 믿습니다. 역대 대회에서도 숨은 강자들이 선전을 펼친 경우가 여러 번 있으니까요. 더군다나 히어로전은 출전 선수들의 정체가 베일에 가려 있기 때문에 아무리 전문가 분들이라도 틀리는 경우가 나올 수밖에 없잖습니까. 그렇기 때문에 시청자 여러분도 이해해 주실 겁니다."

"그렇게 말씀해 주시니 감사합니다. 그러면 지금부터 한정유 선수의 승리 요인에 대해서 말씀드리겠습니다. 그동안 벌어진 경기를 봤을 때 한정유 선수의 각성력은 우리의 예상 범위를 뛰어넘을 정도로 대단했습니다. 보통 초고수들 간의 대결은 단숨에 승부가 나지 않는 특성이 있었습니다. 초고수들은 상대의 무력을 집요할 정도로 확인한 뒤, 결정적인 순간에 승부를 보기 때문입니다. 하지만, 한정유 선수는 그렇지 않았습니다. 제가 판단하기에 한정유 선수는 자신의 각성력이 상대를 압도할 수 있다는 자신감에 차 있는 것 같습니다. 실제 결과도 그렇게 나왔는데, 그가 펼치는 도법의 수준 또한 회전이 거듭될수록 더욱 강력해서 감탄이 저절로 나올 정도였어요."

"그렇다면 서 위원님께서는 4강전이 결정된 지금 가장 강력한 우승 후보가 한정유 선수라고 생각하시나요?"

"그건 조금 다른 이야기예요. 4강전에 오른 선수들의 면면은 정말 무섭습니다. 그동안 우승 후보 1순위로 꼽힌 정경석 선수뿐만 아니라 유탄, 기남석 선수의 기세는 절대 한정유 선수에게 뒤지지 않습니다. 지금 워낙 모든 시선이 초반에 승부를 결정지은 한정유 선수에게 집중되어 있기 때문에 그렇지, 다른 선수들도 상대를 압도하면서 4강까지 올라왔거든요. 특히 저는 유탄 선수와 기남석 선수를 주목해야 된다고 생각합니다. 한정유 선수는 그동안의 동영상을 통해 대중들에게 알려졌고 정경석 선수는 던전을 처리하는 과정에서 명성을 떨쳤지만, 그들은 전혀 노출되지 않았던 고수들이에요."

"그래도 꼭 한 사람을 뽑는다면 누가 가장 유력할까요?"

진행을 맡은 김문형이 집요하게 캐묻자 담담하게 말하던 서지연의 표정이 살짝 일그러졌다.

시청률을 의식한 진행자로서 당연한 해야 할 질문이겠지만 그녀로서는 쉽게 대답하기 어려운 질문이었다.

그렇지 않아도 초반 예상이 어긋나면서 정경석을 제외한 셋이 모두 의외의 인물들로 채워졌는데, 이번마저 틀리면 전문가로서의 자존심에 상처를 입을 수밖에 없었다.

그럼에도 그녀는 잠깐 뜸을 들이다가 조용하게 입을 열었다.

"사회자께서도 아시는 것처럼 4강전부터는 대진표가 아직 확정되어 있지 않습니다. 4강전에 오른 사람들은 협회의 주관으로 예선전과 다르게 별도의 대진 추첨을 하게 되어 있으니까요. 따라서, 우승 후보는 그 대진 결과에 따라 달라질 것 같네요."

노련함이란 이런 것이다.

너무나 뻔한 대답이지만 어쩌면 가장 현명한 대답일지도 몰랐다.

4강까지 올라온 강자들.

더군다나 직접 칼을 대봤다면 모를까, 외곽에서 눈으로만 본 고수들의 대결 모습으로 누가 이길지 장담한다는 것은 스스로 족쇄를 차는 것과 다름없는 짓이다.

그랬기에 김문형은 속 시원한 대답이 아니었음에도 자연스럽게 화제를 돌려 나갔다.


"그렇다면, 다음은 4강 대진표의 일정과 각 경우별 상대의 특성을 분석해 보는 시간을 갖겠습니다. 이번엔 정 의원님께서 대진 추첨 일정을 말씀해 주시겠습니까?"

"4강 대진표는 3일 후 코렉스 센터에서 결정되어 집니다. 출전자들이 직접 자신의 손으로 상대를 결정짓는 방식입니다."

"아주 중요한 순간이 되겠습니다. 누구를 원망할 수도 없겠고요."

"그렇습니다. 하지만 제 생각에는 누가 상대가 되든 물고 물리는 싸움이 될 것 같습니다. 이번 4강에 오른 선수들의 무력이 그 어느 때보다 강하다고 평가되기 때문입니다."


＊　　　　＊　　　　＊


한정유는 팀원들의 철저한 경호를 받으며 코렉스 센터로 들어섰다.

김도철은 던전이 열리는 바람에 현장에 출동한 상태였고, 문호량은 아예 코빼기조차 보이지 않아 남정근과 팀원들만 같이 왔다.

남정근이 특수지원팀을 경호원으로 데려온 것은 김도철의 영향이 컸다.

김도철은 한정유 대신 특수지원 업무를 맡았는데 자신의 힘으로 내려오는 괴물들을 충분히 처치할 수 있으니 한정유가 편하게 대할 수 있는 팀원들에게 경호를 맡기라는 제안을 했다.


  코렉스 센터는 기자들로 인해 인산인해를 이뤘고, 각 길드에서 온 골든헌터들로 득실거렸다.

  자신들의 길드에서 출전한 자들을 경호하기 위해 동원된 헌터들이었는데 그 숫자가 전부 20명이 넘었다.

  그야말로 철통같은 경호다.

  우승이 눈앞으로 다가온 상태였기에 길드는 총력을 기울여 자신들의 선수가 조금이라도 불편하지 않도록 최대한의 배려를 하고 있었다.

  그만큼 우승에 대한 메리트가 크기 때문이다.

  히어로전의 우승은 길드의 약진을 보장받는 지름길이었고, 우승 길드는 국민 모두의 존경심을 받게 된다.


  한정유가 센터로 들어가자 기자들이 몸부림을 치면서 다가왔기에 팀원들이 그들을 막느라 생고생을 해야 했다.

  희대의 풍운아, 한정유.

  지금 대한민국은 한정유 열풍으로 인해 몸서리를 치는 중이었기에 언론 기자들은 한 장이라도 더 생생한 장면을 찍기 위해 안간힘을 썼다.


  한정유는 진행 요원들이 안내한 자리로 가서 앉았다.

  일부러 그런 것은 아니었지만 어쩌다 보니 가장 늦게 들어왔기 때문에 사이드에 있는 의자에 앉았다.

그가 들어섰을 때 나머지 출전자들은 아예 쳐다보지도 않았다.

기세 싸움 같은 건 아예 신경 쓰지 않는 모습이었다.

하필이면 정경석의 옆자리였다.

대한민국 여자들이 신랑감 1순위로 뽑았다고 하더니 정말 잘생긴 외모를 지닌 남자였다.

기생오래비와 격이 다르다.

굳이 표현한다면 조각을 빚어놓은 것처럼 완벽한 이목구비를 지녀 여자들의 정신이 나갈 만했다.

길드협회 주관으로 벌어지는 행사였고 모든 국민들이 지켜봤기 때문에 절차가 까다로웠다.

협회장의 인사에 이어 공식행사들이 줄줄이 이어졌고 선수들의 출전사와 사진 촬영까지 끝난 후에야 대진 추첨이 이뤄졌다.

한정유는 묵묵히 자리를 지키다가 결국 추첨조차 하지 못했다.

나머지 세 사람이 먼저 공을 잡았기 때문에 마지막 순서인 그는 추첨할 필요도 없었던 것이다.

그의 상대로 정해진 것은 해동 길드의 유탄이었다.

모든 대진표가 정해지자 기자들의 벌 떼 같은 질문 공세가 펼쳐졌다.

기자들은 공식 행사가 끝날 때까지 조용히 기다리며 사진을 찍다가 기자회견이 시작되자 자극적인 질문을 마구 퍼부었다.


　"한정유 선수, 해동 길드의 유탄 선수가 4강전의 상대로 결정되었는데 이전처럼 1회전에 끝내실 생각입니까?"
　"그렇습니다. 저는 시합을 오래 끌 생각이 없습니다."
　"이길 자신이 있습니까?"
　"내가 전투장에 들어가는 이유는 오직 하나. 이기는 것뿐입니다."
　"유탄 선수는 아이스 에로우란 무시무시한 공격력을 가지고 있습니다. 어떻게 상대하실 생각입니까?"
　"그건 전투장에서 직접 보여드리겠습니다."


　기자들은 신이 났다.
　1시간 동안 수많은 질문들이 이어졌는데 대부분의 질문들이 출전자들 상호간의 자존심을 건드리는 것들이었다.
　그럼에도 4강에 오른 출전자들은 냉정하고 침착하게 기자들의 선정적인 질문들을 맞받아쳤다.
　완벽한 자신감.
　출전자들은 상대를 비방하지 않았지만 완벽한 자신감으로 자신의 승리를 단언했다.


*　　　*　　　*

공식 대진 추첨이 확정된 이후 히어로전에 대한 기대와 관심은 그야말로 폭발 직전이었다.

한정유 VS 유탄, 정경석 VS 기남철.

과연 누가 이길 것인가.

각종 언론은 대진표가 결정되자 그동안 싸워온 결과들을 분석하며 승자를 추측하기에 여념이 없었고, 인터넷 포털 사이트에서 이벤트로 마련한 승리 확률 투표에 무려 천만 명이 참여하는 관심을 끌어모았다.

광풍도 이런 광풍이 따로 없다.

이 정도로 전 국민의 뜨거운 관심을 갖게 만드는 경기가 또 어디 있을까.

만나는 사람들마다 온통 히어로전에 관한 것뿐이었다.

심지어 일기예보를 하는 아나운서까지 4강전이 치러지는 날짜를 예고한 후에야 날씨 정보를 말할 정도였다.

*      *      *

"쟤가 그동안 경기한 거 봤지?"

"아니."

"정말 안 봤어?"

"그래, 안 봤다."

"왜?"

"미리 보면 재미가 없을 것 같아서."

"하아, 대단한 자신감. 아주 훌륭해."

이번에는 문호량의 표정도 변했다.

정말 대책이 없는 놈이다. 아무리 자신이 있다 해도 이런 큰 경기를 치르면서 상대의 경기조차 보지 않았다는 건 좀 너무했다.

끝없이 울려 퍼지는 함성.

아직 경기가 시작되기도 전, 강남 돔 경기장에 구름처럼 몰려든 관중들은 흥분과 전율을 이기지 못하고 대형 스크린에 출전자들의 경기 장면이 나올 때마다 함성을 내지르고 있었다.

이번 로열석의 암표가 천만 원까지 올랐다고 하던가.

그것도 없어서 못 팔 정도였다고 하니 광풍이란 표현도 부족할 정도다.

진행 요원이 문을 열고 들어서자 한정유는 천천히 자리에서 일어나며 고개를 좌우로 꺾었다.

기나긴 복도를 가득 채운 기자들, 그리고 화려한 불빛.

자신의 모습을 찍는 기자들의 발광이 이젠 익숙해졌다.

복도를 걸어 그가 전투장으로 들어서자 암전 상태에서 영롱한 불빛 하나가 전투장을 가로지르며 다가와 그의 모습을 비췄다.

그러자 폭탄 같은 함성과 환호가 터졌다.

"한정유, 한정유, 한정유!"

가끔가다 다른 놈들은 손을 들어 관중들의 환호에 대답했지만 한정유는 그저 조용히 서서 반대쪽 문을 통해 유탄이 나오기를 기다렸다.

그러다가 뒤에 서 있는 문호량을 향해 불쑥 입을 열었다.

"호량아, 내 칼 좀 가지고 있어."

"무슨 소리야?"

"쟤가 마법 계열이라며?"

"아이스 애로우를 쓴다더라. 저놈이 시합할 때 전투장 바닥이 모두 작살났어. 그런데 칼은 왜?"

"이번엔 주먹으로 싸우려고."

"야, 인마. 그건 또 무슨 짓이야!"

"저 사람들 봐. 나를 무척 좋아하는 것 같지 않아?"

"그거야 네가 워낙 괴상한 짓을 해서 그렇지. 모두 1라운드에 끝낸 게 너밖에 더 있어?"

"내 여동생은 내가 잘생겨서 그렇다던데?"

"웃겨. 잘생긴 건 정경석이 훨씬 더 잘생겼지. 설마 네가 잘생겨서 저러려고."

"이번 기회에 확실하게 쐐기를 박아야겠다. 난 이번에 단천열화권을 쓸 생각이야. 그래서 관중들과 텔레비전을 보는 사람들에게 내가 얼마나 대단한 사람인지 보여줘야겠어."

"권으로 해결하면 놀라긴 하겠다."

"널 도와주려고 그러는 거니까 고마워해야 돼. 길드협회 이 새끼들이 시비 걸지 못하도록 완벽한 영웅이 되려면 주먹으로 저놈을 꺾을 필요가 있어."

"머리 좋고."

"갔다 올게."

"크크크… 수고해."

괴소를 흘리는 문호량의 웃음소리가 익숙했다.

놈은 뭔가 재미있는 일이 벌어지면 항상 저렇게 웃었다.

하지만, 옆에 있던 남정근은 문호량과 다르게 펄쩍펄쩍 뛰었다.

"한 팀장, 무슨 소리야? 절대 안 돼. 자네 지금 이게 무슨 시합인지 모르는 건 아니겠지? 태풍OR의 미래가 달린 일이라고!"

"이기면 되잖습니까."

"이 사람아. 도대체 뭔 똥배짱이야. 어째 자넨 한시도 나를 그냥 두지 않나. 나 좀 편하게 살게 해줘!"

"사장님은 그동안 너무 안주하고 살아서 그래요. 이런 게 얼마나 재미있는 건지 경험해 보면 점점 적응이 될 겁니다."

"아이고, 이 웬수……."

빙그레 웃어주고 몸을 돌렸다.

눈에 선하다.

남정근은 자신이 전투장에서 다시 나오는 순간까지 몸을 오들 오들 떨면서 불안과 걱정에 사로잡혀 있을 것이다.

전투장으로 들어서자 난리가 났다.
정말 관중들의 함성 소리에 귀가 먹먹해질 정도였다.
풍운아라고 했지?
그 별명 괜찮아. 마제라는 칭호가 자신에겐 더 어울리는 것이지만 사람들은 내 정체를 모르니까 이해해 준다.


매번 똑같은 생각이 들 정도로 말이 많아.
시합 한번 하는데 뭔 소개와 잔소리가 이렇게 많은지, 10여 분이나 서 있은 후에야 경기 시작을 알리는 신호가 울렸다.


뚜벅, 뚜벅.
한정유는 신호가 울리자 유탄을 향해 천천히 다가갔다.
그러자 맞은편에서 행사가 진행되는 동안 팔짱을 끼고 기다리던 유탄도 중앙을 향해 걸음을 옮겨 나왔다.
하지만, 그의 걸음은 한정유와 10m 남겨진 지점에서 멈췄다.


"칼은?"
"안 가져왔어."
"건망증이 있었던 모양이군. 기다려 줄 테니까 가져와."
"필요 없어서 안 가져온 거야. 그러니 그냥 해도 된다."
"미친놈."

유탄이 어이없어하는 표정을 짓다가 금방 시퍼런 광망을 뿜어 냈다.

짤막한 대화.

터무니없이 평온한 대화였으나 두 사람에게서 오고 가는 기세 는 폭발적이었다.


슬쩍 미소를 지었던 유탄의 양손에서 퍼런 기운이 생성되며 화살처럼 삐져나왔다.

아이스 애로우.

쉽게 말해서 얼음 화살을 쏜다는 뜻이다.

그렇다고 해서 아이스 애로우를 얕잡아보면 그냥 죽는다.

그가 펼치는 아이스 애로우는 강철도 찢어버리는 위력을 지녔 기 때문이다.


먼저 움직인 것도 유탄이었다.

4강까지 그냥 올라온 것이 아니란 것을 단박에 증명하는 공 격.

마치 허깨비처럼 움직이는 신형. 그리고 팔뚝 굵기의 푸른 화 살은 가공할 기세를 지닌 채 빗발치듯 한정유를 노렸다.

화살이 아니라 이건 완전히 장창이나 다름이 없다.

마력이 담긴 수많은 장창이 우박처럼 쏟아져 들어왔는데 일격 일격에 담긴 위력에 전투장의 바닥이 푹푹 파일 정도였다.


한정유는 유탄의 공격이 시작되자마자 양손에 무극진기를 끌어 올린 채 현천보를 펼쳐 반격에 나섰다.

지금까지 1회전, 그것도 30초 이내에 끝냈기 때문에 폭발적인 반응을 끌어낼 수 있었지만 잃은 것도 많았다.

운으로 이겼을지도 모른다는 평가, 그리고 자신의 진짜 실력을 보고 싶어 하는 대중들의 갈증, 자신을 성원하는 팬들의 기대.

짧은 시간에 끝냈음에도 스페셜 마스터급이라면 충분히 간파하고 있을 테지만 그자들은 여전히 자신의 실력을 폄하하는 짓을 공공연하게 벌였다.

내가 맨주먹으로 나선 건 가소로운 자들에게 주는 선물이자 모멸에 대한 분노다.


한정유가 양손을 펼쳐 무극진기를 끌어 올리자 뜨거운 권기가 영롱하게 피어올라 매달렸다.

단천열화권이 진정으로 무서운 것은 초식에 내포되고 있는 변화와 위력이 상황에 따라 최적으로 움직인다는 것이다.

한정유는 자신을 향해 직선으로 날아오는 아이스 에로우를 향해 마주 달리는 전차처럼 돌진했다.


쾅, 쾅, 쾅!

한정유가 쏘아올린 붉은색 권기가 아이스 에로우와 부딪치며 폭발을 일으켰다.

한기와 화기의 충돌.

물리적으로 상극인 두 기운이 부딪쳤음에도 폭발력으로 인해 주변의 공기가 진동 상태로 변했다가 연속으로 터져 나갔다.

지금까지 한 번도 후퇴한 적이 없다.

마제의 이름으로 싸운 전투에서 오직 전진밖에 몰랐다.

무림에서 활동할 때, 단천열화권은 현경에 들어 있던 무적의 고수들을 제외하고 수많은 강자들을 추풍낙엽처럼 쓰러뜨렸던 천고의 절기였다.

한정유는 현천보를 극으로 끌어 올리며 제1초식 격(擊)과 2초식 혼(魂)을 연환시켜 유탄의 아이스 에로우와 정면으로 부딪쳤다.

콰과광……!

아이스 애로우와 한정유의 권기가 부딪치며 굉렬한 폭음이 생성되었다.

충돌하는 순간 앞으로 전진하며 십이권을 찔러냈다.

양손으로 뿜어낸 단천열화권이 연이어 접근하는 아이스 에로우를 파괴하며 유탄의 전신을 노렸다.

마법 계열의 초고수들이 지닌 특성은 자신의 몸을 순간이동시켜 방어를 한다는 것이다.

더불어 유탄은 자신이 펼친 아이스 에로우를 뚫고 날아온 권기들을 푸른 방패로 차단하며 신형을 감췄다.

어디 해 봐.

얼마나, 어디까지 도망갈 수 있나 보자.

허깨비처럼 사라지는 유탄을 쫓으며 3초식 추(鎚)와 4초식 광(光)이 연이어 불을 뿜었다.

유탄의 마력이 담긴 아이스 에로우는 권기를 이겨내지 못한 채 계속 파괴되었고, 가끔가다 뚫고 들어온 공격도 한정유의 몸에 닿지 못했다.

한정유의 몸은 무극진기가 가동되면서 철통처럼 보호하고 있기 때문이다.

이것 또한 후정혈이 관통되면서 내공이 증폭되었기에 가능해진 현상이다.

지천의 근처까지 올라간 그의 무극진기는 위험에 즉각적으로 반응하며 한정유의 온몸에 진기의 벽을 만들었다.

유탄의 마력은 한정유의 내공과 상대가 되지 않았다.

마력은 세상에 존재하는 마나의 힘을 끌어모아 인간의 신체에 쌓아놓지만, 한정유의 무극진기는 인간의 신체를 근원으로 우주 만물의 이치를 담기에 마력보다 그 깊이가 훨씬 단단하고 경이롭다.

유탄이 이를 악물고 허깨비처럼 움직이며 천지사방으로 날아다녔다.

그는 한정유가 전진하며 터뜨린 단천열화권의 위력을 상쇄시키기 위해 안간힘을 썼으나 회피의 방위와 거리가 점점 좁혀지는 걸 막지 못했다.


　연환되는 공격.
　한정유의 권기가 쉴 새 없이 날아가 아이스 애로우를 격파했다.
다.
　그러자 유탄이 이를 악물며 공중으로 떠올랐다.
　더 이상 피할 곳도 후퇴하기도 마땅치 않은 상황.


　초고수란 이름을 얻기 위해서는 그에 걸맞은 무력과 용기를
지녀야 한다.
　유탄 역시 그런 범주를 벗어나지 않는 무인이었다.
　창처럼 날아오던 아이스 애로우가 급격히 작아지며 화살처럼
변했다.
　그렇다고 해서 위력이 감해진 것은 아니었다.
　대신 그의 손을 통해 빠져나온 아이스 애로우의 숫자가 5배
는 많아졌는데 직선이 아니라 공간을 완벽하게 장악하며 선회하
기 시작했다.


　다시 말해 모든 방위를 완벽하게 차단하는 비선형 공격이 펼
쳐졌단 뜻이다.
　마치 기관총처럼 퍼붓는 아이스 애로우.
　단지 직선 공격이었다면 쉬웠겠지만, 유탄의 공격은 360도 모
든 방위에서 한꺼번에 밀려들었다.

흐으.

어쩐지 쉽다고 했어.

그런데 이게 전부라면 너무 싱겁다.


한정유의 몸이 팽이처럼 돌았다.

그런 후 5초식 탄(彈), 6초식 환(環)을 연속으로 쏘아냈다.

두 개의 초식이 연환되자 한정유의 전신을 감싸는 붉은 방패
가 생성되며 밀려드는 아이스 애로우를 튕겨냈다.

하지만, 그로서 끝난 것이 아니었다.

붉은 방패에서 빛살처럼 빠른 권기들이 산탄되어 유탄을 향
해 날아갔다.


직감적으로 공격이 실패했음을 느낀 유탄은 급히 순간이동을
펼쳐 피하려 했으나 광범위한 공간을 장악한 공격이었기에 신형
을 고정시키고 푸른 방패로 온몸을 가린 채 수많은 아이스 애로
우를 난사시켰다.


콰콰콰콰쾅… 쾅… 콰콰쾅!

주르륵 밀려나는 신형.

상당한 타격을 받았기 때문인지 그의 신형이 주르륵 뒤로 밀
려났다가 휘청거리며 멈추었다.

그의 입에서 검붉은 피가 주르륵 흘러나온 건 내상을 입었다
는 뜻이다.

한정유는 유탄이 10m 뒤로 밀려 나가는 걸 보면서 천천히 앞으로 걸어갔다.

네가 가진 마지막을 꺼내.

난 더 이상 시간을 끌고 싶지 않아.

고수는 마지막 비장의 무기를 가지고 있다는 걸 안다.

예상이 맞았다.

비틀거리던 유탄이 이를 악물고 신형을 바로 세우는 것이 보였다.

그런 후 곧장 자신을 향해 달려오다가 신형을 허공으로 띄웠다.

단숨에 알 수 있었다.

그가 이번에 마지막 승부를 결행하려 한다는 것을.

똑같은 패턴이다.

허공으로 떠오른 유탄의 양손에서 셀 수 없는 빛의 파편들이 쏟아져 나왔다.

푸른 섬광을 지닌 아이스 애로우로 인해 전면이 완전하게 차단될 만큼 무지막지한 공격이었다.

하지만, 그 공격은 방금 전에도 막혔지 않은가.

양손에 무극진기를 가득 담고 있던 한정유는 자신을 덮쳐오는 푸른 섬광을 향해 손을 내밀다가 푸른 섬광이 하나로 합쳐지는 것을 보며 슬쩍 입술 끝을 말아 올렸다.

어쩐지 뭔가 이상하다고 했다.


하나로 합쳐진 푸른 섬광.

그리스 신화에 나오는 제우스의 창처럼 유탄이 펼친 아이스 애로우는 거대한 하나의 창으로 변해 돌진해 오고 있었다.

역시 멋있어.

초고수라면 이 정도의 비기 정도는 가지고 있어야 해.


한정유는 그 거대한 창을 바라보며 주먹을 말아 쥐었다.

그런 후 단천열화권의 제7초식 참(斬)을 꺼내들었다.


폭풍처럼 일어나는 권기의 향연.

두 주먹에 맺혀진 붉은 기운이 아이스 애로우처럼 푸른 기운으로 변하더니 거대한 구체를 형성했다.

그런 후 다가오는 창을 향해 마주 쏘아졌다.

무한한 힘을 지닌 악마를 멸한다는 지옥의 힘.

바로 이것이 광활한 대지에서 생성된 화기의 힘, 단천의 정수다.


콰앙!

단 한 번의 충돌.

그리고 전투장을 넘어 퍼져 나간 기파의 물결이 관중석을 덮쳤다.

아무도 보지 못했다.

눈을 뜨지 못할 정도의 거대한 섬광이 터진 후 뒤따른 거센 기파로 인해 모두가 몸을 웅크려야 했으니까.

관중들의 비명 소리가 난무했고, 경기를 참관하던 기자들은 바닥에 바짝 엎드렸다.

히어로전 역사상 한 번도 발생한 적 없던 거대한 충격에 강남 돔 경기장 안에 있던 사람들은 경기 결과를 확인하는 대신 자신의 몸을 돌보느라 정신이 없었다.

시간이 얼마나 지났을까.

서서히 제정신을 차린 사람들은 전투장의 중간에 서서 오연히 자신들을 바라보는 한정유의 모습을 확인할 수 있었다.

마치 철혈의 대제가 전율에 젖어 있는 적을 향해 던지는 것처럼 그의 시선은 광오했고 차가웠다.

비명이 끝나고 정적이 찾아왔다.

아무도 입을 열어 상대를 전투장 끝에 휴지 조각처럼 처박아 놓은 한정유의 이름을 연호하지 못했다.

한정유는 정적에 사로잡혀 있는 전투장에 한참 동안 서 있다가 천천히 등을 돌려 걸어 나갔다.

언제나 그랬던 것처럼.

전투장을 빠져나와 일행이 기다리고 있는 곳에 도착했을 때, 뒤늦게 뭔가에 홀린 사람처럼 침묵을 지키던 관중들 쪽에서 함성이 터지기 시작했다.

작았던 함성은 시간이 지날수록 커지더니 마침내 한순간 폭탄이 되어 강남 돔 전체를 뒤흔들었다.

"한정유, 한정유, 한정유!"

함성에 이은 연호.
관중들이 자신을 부르는 소리에 걸어가던 한정유가 잠시 걸음을 멈추었다.
너무 늦지 않아?
당신들의 연호에 답하기 위해서 다시 돌아가기엔 너무 멀리 왔잖아.

"가 봐라."
"어딜?"
"관중들이 지금 너를 부르고 있는 거 안 들려. 이왕 도와줄 거면 확실하게 해."
"꼭 그래야 하나. 조금 낯 뜨거운 짓이지 않을까?"
"아니, 넌 지금 영웅이야. 영웅은 조금 뻔뻔해도 괜찮아."

문호량이 등을 떠밀었다.
그러자 옆에 있던 남정근이 팔을 불끈 내밀어 거들었다.

"우크크크… 호량 씨 말이 맞아. 가서 크게 말해. 내가 태풍

OR 출신이라고."

입이 함지박만 하게 벌어져 말하는 게 신기해 보일 정도다.

하아, 이 양반. 그사이에 깨알처럼 농담을 하시네.

입맛을 다시며 고개를 돌리자 팀원들이 양손을 조심스럽게 모은 채 존경이 가득 담긴 눈으로 자신을 바라보고 있는 게 보였다.

이것들은 또 왜 이래.

"팀장님, 존경하옵니다."

"저도요."

"사랑합니다."

잘하면 끌어안을 것 같다.

주춤거리며 다가오는 꼴이 그래.

이대로 있는 것보다 나가서 손을 흔드는 게 훨씬 낫겠다는 생각이 갑자기 머릿속을 어지럽혔다.

하여간, 여긴 정상적인 인간들이 하나도 없어.

천천히 왔던 길을 되돌아갔다.

그런 후, 전투장의 중앙에 서서 자신을 연호하는 관중들을 향해 손을 들어 보였다.

문호량에게 말했지만 막상 진짜 전투장에 들어와 손을 흔들자 슬며시 얼굴이 붉어졌다.

전투에서 승리했다고 사람들한테 자랑하는 건 그의 성격에 전혀 맞지 않는 일이었다.

그럼에도 한동안 서서 자신들을 연호하는 사람들을 향해 차례대로 손을 흔들었다.

그래, 이왕 광대 짓을 하는 거라면 화끈하게 한다.


자신의 몸짓에 관중들이 발작적으로 반응을 하면서 함성을 질렀다.

거의 광적인 반응들이었다.

권을 쓴 것이 통했나.

통했으니까 저런 반응들을 보이는 거겠지?

제24장

풍운아

「과연 그를 누가 막을 것인가! 한정유, 또다시 1라운드 2분 32초 만에 승리」

한정유 선수는 오늘 벌어진 해동 길드 유탄 선수와의 대결에서 또다시 압도적인 무력을 선보이며 승리를 거머쥐었다. 그는 오늘 벌어진 경기에서 주무기인 도를 쓰지 않고 권법으로 상대했음에도 불과 2분 32초 만에 유탄 선수를 쓰러뜨렸다. 유탄 선수는 특기인 아이스 애로우를 펼치며 치열한 공방전을 펼쳤으나 한정유 선수의 무시무시한 권법을 견뎌내지 못했다. 한정유 선수의 권법은 화기를 동반한 열양권으로, 전문가들은 아이스 애로우와 상극이라는 견해를 밝혔다. 한정유 선수는 경기 시작과 동시에 이전 시합처럼 공격 일변도의 시합을 펼쳤는데……

「이변 발생. 정문 길드의 기남석, 우승 후보 피닉스 길드의 정경석 격파!」

정문 길드의 골든헌터 기남석이 그동안 우승 1순위로 꼽히던 피닉스 길드의 정경석을 2라운드 2분 21초 만에 쓰러뜨리며 승리를 거머쥐었다. 기남석 선수는 지금까지 전부 판정으로 승리하며 4강까지 올라왔는데 처음으로 KO승을 따내며 결승에 올랐다.

한편, 전문가들은 기남석 선수가 지금까지 실력을 숨긴 것 아니냐며 준결승에서 정경석 선수를 상대로 펼친 검법의 위력이 예선전에 비해 훨씬 뛰어났다고 이구동성으로 입을 모았다……


절정.

준결승전이 끝나고 결승에서 싸울 두 선수가 결정되자 국민들의 반응은 극으로 치달았다.

아무도 못 말린다.

마치 용광로에 들어간 것처럼 뜨겁게 달아오른 분위기.

그랬다.

국민들은 히어로전이 한정유와 기남석의 대결로 좁혀지자 놀라움과 기대감을 감추지 못한 채 일주일 후에 벌어질 결승전을 간절한 마음으로 기다렸다.

처음 히어로전이 벌어졌을 때 두 사람이 결승에서 맞붙을 거라 생각한 사람은 아무도 없었다.

그만큼 철저하게 외면당한 두 사람이었기에 국민들의 반응은 더욱 끓어올랐는지도 모른다.

어둠을 뚫고 찬란하게 솟아오른 두 명의 절대 강자.

그들의 이름은 태풍OR의 한정유와 정문 길드의 기남석이었다.

*          *          *

"정 과장, 걸어!"

"뭘?"

점심식사를 마치고 뒤늦게 사무실로 들어온 김윤석이 자신을 향해 소리치는 입사 동기 김만식을 멀뚱거리는 얼굴로 쳐다봤다.

영업전략팀원들이 전부 모였는데 직원들은 영문을 몰라 하는 자신과 탁자에 놓여 있는 종이를 번갈아 보면서 빨리 찍으라고 무언의 독촉을 보냈다.

"뭔데 그래? 이게 뭐야?"

"뭐긴, 로또지. 한정유와 기남석 중에 넌 누구한테 걸 테냐. 신청금은 5만 원이니까 얼른 선택해."

"하아, 이거 또 네가 주동한 거지?"

"그런 걸 뭘 물어. 당근 나라는 걸 알면서."

"일은 안 하고 잘하는 짓이다. 그런데 금액이 왜 이리 커?"

"크긴 뭐가 커. 이 정도 판돈은 있어야 긴장이 될 거 아니냐. 얼른 내봐!"

"강도가 따로 없네."

"할 거지?"

"옛다. 5만 원. 난 한정유한테 걸란다."

"다시 한번 생각해 봐. 한번 걸면 물리지 못하니까."

"한정유한테 걸 거야. 난 걔 팬이거든. 그 폭발력, 크으… 난 한정유가 좋아."

"알았어. 그럼 그렇게 해. 나야 땡큐지."

김윤석이 볼펜을 들어 한정유의 이름이 적힌 란에 사인을 하자 김만식이 만족스러운 웃음을 흘렸다.

12명의 직원들 중에 한정유 쪽에 건 게 8명이었고, 나머지는 기남석 편에 동그라미가 쳐져 있었는데 김만식의 이름은 기남석 쪽에 걸려 있었다.

"뭐가 땡큐야?"

"우리의 호프 기남석이 이길 거거든."

"기남석이 한정유를 이긴다고? 말도 안 되는 소릴 하고 있어. 야, 인마. 넌 한정유가 싸우는 거 보지 못했냐. 걔는 모든 시합을 1라운드에 끝냈어. 지금까지 그런 놈이 누가 있었냐. 기남석은 한정유의 상대가 되지 못해!"

"크크큭… 마음대로 생각해."

"얘 봐. 아주 음흉하게 웃네. 뭐냐, 그 웃음은?"

"넌 언론 기사도 보지 못한 모양이구나. 이번 경기는 무조건 기남석이 이겨. 왜인지 알어?"

"말해 봐. 들어줄게."

"전문가들이 이구동성으로 말하더라. 기남석은 결승까지 오면서 가지고 있는 실력을 전부 꺼내지 않았대. 그 말은 그 친구가 한정유처럼 멍청하게 지닌 실력을 전부 보여주지 않았단 뜻이지. 옛말에도 있잖아. 뒤에 칼을 숨겨 놓은 놈이 진짜 무섭다고."

"난 또 뭐라고. 웃긴다, 정말. 야, 그럼 한정유는? 1라운드에 전부 끝낸 한정유가 최선을 다하지 않았다면 어쩔래?"

"우길 걸 우겨. 생각해 봐. 초고수들이 전부 출전한 히어로전에서 1라운드에 끝냈다는 건 그놈이 지닌 실력을 초반에 전부 꺼내들었단 뜻이야. 그러니까 걔 실력은 지금까지 보여준 게 전부란 말이다. 안 그러냐. 내 식구들?"

김만식이 자신 있는 목소리로 직원들을 쳐다보자 세 놈이 마구 동감한다는 듯 고개를 끄덕였다.

문 대리를 비롯해서 기남석 쪽에 표를 던진 놈들이었다.

아이고, 가소로워라.

"이것들아, 정신 좀 차려. 어쨌든 일주일 후면 피자 파티 신나게 할 것 같으니까 황 대리, 그 돈 잘 가지고 있어. 어쩌면 막무가내 김 과장이 돌려 달라고 징징댈지 몰라."

"알겠습니다."

"방금 쟤들 고개 끄덕이는 거 봤지? 그럼 우리 식구들은 응원의 박수나 치자. 한정유가 이겨서 피자 파티해 달라는 의미에서."

김윤석이 먼저 박수를 치자 한정유에게 걸었던 직원들이 낄낄거리며 박수에 동참했다.

그러자 김만식이 소리를 버럭 지르며 박수를 못 치게 팔을 휘둘러 댔다.


"이 자식들아. 우리가 이기면 너흰 국물도 없어. 우린 딴 돈으로 소고기 파티할 거니까 너흰 절대 따라오지 마!"


\*　　　　　\*　　　　　\*


한정유는 시합을 끝낸 다음 날 아무 일 없었다는 듯 회사에 출근했다.

그동안 침묵을 지키는 것으로 성원을 보내던 아버지와 가족들은 유탄을 꺾고 집으로 돌아갔을 때 참고 참았던 흥분을 드러내며 마음껏 축하를 해줬다.

같이 웃어주었다.

못난 아들로 살아왔던 27년의 세월을 담아.


회사에 출근했을 때 수많은 기자들이 정문을 지키며 자신을 기다리고 있었다.

집으로 찾아오지 않은 게 다행이다.

문호량의 조치로 가족들은 비밀리에 이사를 했기 때문에 기자들은 옛날집 앞에서 어젯밤 내내 진을 치고 기다렸다.

시합이 끝나자마자 언론에서 벌 떼처럼 달려들어 시합장을 나서지 못할 정도였다.

충분히 인터뷰를 해줬음에도 언론은 포기를 몰랐다.

일거수일투족이 전부 화제로 포장되어 언론 뉴스에 올라갔다.

그 정도로 성실하게 인터뷰를 해줬음에도 옛날 집 앞까지 몰려들어 웅성거리는 걸 보면 꼭 하이에나 같다는 생각이 들었다.

회사 앞에 도착하자 팀원들과 직원들이 굳게 닫혀 있던 정문을 열고 기자들을 차단한 채 한정유를 경호했다.

하지만, 한정유는 그런 직원들을 만류하며 기자들에게 포즈를 취해줬다.

마음대로 찍어.

어차피 언론에 노출되려고 작정했으니까 잘생긴 얼굴 실컷 보여줄게.

정문 앞에서 무려 1시간이나 붙잡혀서 인터뷰를 했다.

묻는 내용도 똑같고 대답하는 내용도 거기서 거기였지만 기자들은 쉽사리 놔주지 않았다.

인터뷰를 마치고 기다리던 남정근, 김도철과 함께 사장실로 올라갔다.

남정근은 아직도 어제의 흥분이 가라앉지 않은 듯 얼굴이 벌게져 있었는데 한정유를 신줏단지 모시듯 했다.

"한 팀장, 커피 줄까? 내가 오늘 아침에 일찍 와서 커피 내려놨어. 한 팀장이 좋아하는 원두커피로."

대답도 듣지 않을 거면서 왜 물어.
자신의 의사와 상관없이 서둘러 커피메이커를 향해 걸어가는 남정근의 행동을 바라보면서 한정유가 풀썩 웃었다.

향기로운 커피 냄새.
남정근이 남미 어디서 가져왔다는데 향이 정말 좋았다.

"어제는 정말 수고했어. 난 얼마나 조마조마했는지 간이 콩알만 해졌다."
"원래 사장님 간은 작았잖아요."
"너무 그러지 마. 칼도 없이 나갔으니까 그런 거지. 그렇게 대책 없이 강할 줄 누가 알았겠어. 이젠 절대로 걱정 안 한다. 한 팀장한테 간 작다는 소리 듣는 것도 이젠 지겨워."
"결승전 때는 안 오시겠네요."
"왜?"
"걱정도 안 할 거면서 뭐 하러 와요. 편하게 텔레비전으로 보는 게 좋지 않겠어요?"
"에잇, 그건 다른 거지. 넌 날 놀리는 게 즐겁니?"
"하하하… 그렇습니다."
"흥!"

세월이 지나면서 편해진 걸까.

아니면 사장이란 직책을 벗어던지고 끝없이 걱정해 주는 남정근을 믿었기 때문일까.

후정혈이 뚫리며 마제의 위용을 되찾았지만 남정근만 보면 괜히 농담이 나왔다.

하지만 그건 두 사람에 한정된 일일뿐.

두 사람이 낄낄거리며 웃는 걸 옆에서 지켜보던 김도철이 한심하다는 듯 혀를 찼다.


"정유야, 이제 한 경기만 남았으니까 제대로 분석해야 해. 전문가들도 그렇지만 내가 봐도 기남석은 실력을 전부 드러내지 않은 것 같아."

"그래서?"

"오늘은 나와 함께 그놈 시합 장면을 보자. 어떤 특징을 지녔는지 철저하게 파헤쳐 보자고."

"괜찮아. 어제 대충 봤어."

"집에서?"

"응."

"야, 인마. 그래도 같이 봐. 걔는 검객이야. 검이라면 내가 도움이 될 수 있으니까 다시 한번 보면서 전략을 짜. 내가 검에는 일가견이 있다."

"싫어."

"왜?"

"난 바빠."

"네가 뭐 하는데 바빠?"

"팀원들 훈련시켜야지. 이것들 훈련 강도를 높여서 얼른 제대로 된 무인으로 만들어야 해."

"그럼 저녁에 보면 되잖아?"

"저녁에도 바빠. 오늘은 가족들과 외식하기로 했고, 내일은 가은 씨와 데이트할 거야."

"그렇게 싫으냐?"

"응."

"이유는?"

"화면 보고 분석해도 달라질 게 없거든. 무인은 몸으로 부딪치는 순간 승패가 결정되는 거야. 너도 잘 알면서 왜 자꾸 안달을 부려."

"그래도……."

"그냥 조용히 기다리고 있어. 상금 타서 맛있는 거 사줄 테니까."

시간은 정말 잘 간다.

김도철에게 말한 것처럼 오랜만에 가족들과 외식도 했고, 김가은과 데이트를 했다.

김가은의 표정은 상기될 대로 상기되어 있었다.

'혹시'라는 생각을 지녔지만 한정유가 이렇게 거침없이 결승까지 오를 거라고는 생각하지 못했기 때문이다.

즐거운 데이트.

같이 맥주도 마셨고 영화도 봤다.

그녀는 여전히 사려 깊고 현실에 충실할 줄 아는 여자였다.

데이트를 하는 동안 김가은은 히어로전에 관한 이야기를 가급적 꺼내지 않으려고 노력했다.

어떻게 싸웠는지. 왜 칼은 들고 나가지 않았는지. 무인으로서 유탄의 아이스 애로우가 얼마나 위력적인지 알고 싶었을 것이다.

그럼에도 그녀는 어떤 말도 꺼내지 않았다.

결승에 진출한 한정유가 조금이라도 부담을 느끼지 않도록 노력하고 있음이 분명했다.


일주일 내내 몸살을 앓았던 언론이 초긴장 상태로 빠져들었다.

마지막 일전.

히어로전의 결승전이 벌어지는 날이 되자 텔레비전의 앵커들은 새벽부터 흥분된 목소리로 시청자들을 깨웠고, 각종 언론 역시 모든 기사를 히어로전에 집중했다.


"운명의 대결. 드디어 오늘. 히어로전에 새 역사가 열린다!"


거리를 걷는 사람들도, 전철을 가득 메운 사람들도, 집에서 텔레비전을 보는 사람들도 시선은 온통 히어로전뿐이었다.

길드협회에서 결승전을 토요일 저녁으로 잡은 것은 모든 국민들이 시청할 수 있게 배려한 것이다.

물론 그 이면에는 또 다른 이유가 있다.

토요일 황금 시간대에 결승전을 치르면 중계료로 받는 금액이 두 배로 커지고 해외 유통망을 통해 보급되는 유료 채널 비용도 훨씬 커진다.

＊　　　＊　　　＊

한정유는 강남 돔으로 가는 동안 눈을 지그시 감은 채 생각에 잠겼다.

아직 지천의 경지에 도달하기 위해서는 시간이 필요했으나 현재의 무력만 가지고도 상대가 누구든 지지 않을 자신이 있었다.

이 세계에 어떤 자들이 환생되어 있는지 알 수 없으나, 설혹 상대가 현경에 든 자라 해도 마찬가지다.

자신의 독문무공 섬전십삼뢰.

무극진기가 뒷받침되는 섬전십삼뢰는 무림 역사상 두 번 다시 찾아볼 수 없는 천고의 절기였으니, 현경에 든 절대의 고수라도 자신을 죽이기 위해서는 그 역시 목숨을 바칠 각오가 있어야 한다.

강남 돔에 도착하자 수많은 사람들의 행렬이 보였다.

무지막지한 인파.

흥분으로 붉게 달아오른 사람들의 얼굴에는 쉽게 웃음을 찾아보기 힘들었다.

그만큼 결승전을 기다리는 그들의 마음이 초긴장 상태에 빠져 있다는 것을 의미했다.

천천히 차에서 내리자 콩나물 대가리로 보일 만큼 엄청난 기자들이 카메라 셔터를 눌러대기 시작했다.

난장판도 이런 난장판이 없다.

남정근이 경호를 위해 직원들을 30명이나 동원했지만 막기 어려울 정도로 많은 기자들이 몸부림을 치면서 소리를 질러댔다.

그런 기자들을 향해 한정유가 여유 있게 웃으며 손을 흔들어 주었다.


이 사람들아, 그냥 걸어가는 걸 뭘 그리 열심히 찍나.

기다려 봐. 조금 있다가 더 멋진 장면을 보여줄 테니 그때 열심히 찍어.


\*              \*              \*


"기분 어때?"

"좋아."

"결승전이라 그런가 대단하네. 오늘은 대통령까지 왔단다. 우승한 사람한테 트로피와 상금 전달을 직접 하실 모양이야."

"잘됐군. 그렇지 않아도 만나고 싶었는데."

"무슨 소리냐?"

"꼭두각시 대통령이라며? 힘도 하나도 없는?"

"지금 이 나라는 길드가 완벽하게 장악하고 있으니까 힘이 없긴 해. 그래도 완전히 꼭두각시는 아니야. 대통령은 국민들한테 인기가 많거든."

"그래서 만나고 싶었어. 길드 놈들이 정부 각료와 국회의원을 등에 업었다면 우린 그에 걸맞은 존재하고 사이좋게 지내야 될 것 같아서."

"하아, 우리 정유. 대단해. 그런 건 또 언제 생각했대?"

"네가 머리는 좋아도 적의 주둥이를 틀어막은 건 언제나 나였다. 설마 그걸 잊은 건 아니겠지?"

"크크크……."

한정유의 대답에 문호량이 기분 좋게 웃었다.

사실이다.

무림 시절, 천하통일의 계책은 대부분 자신이 입안했으나 가장 껄끄러운 건 전부 한정유가 해결했다.

행동력 하나만큼은 누구도 막을 수 없는 게 바로 마제의 존재였으니, 만약 한정유가 없었다면 천왕성의 천하통일은 불가능했을 것이다.

이번에도 마찬가지.

한정유는 태풍OR의 길드 격상을 위해 대통령을 만나려고 하는 게 아니다.

오랜 세월 겪었으니 다른 생각을 가지고 있다는 걸 직감으로 느낄 수 있었다.

"일을 벌일 생각인 모양이구나?"

"너도 알잖아. 어차피 무력으로 누군가를 억압하는 세상이라면 정점에 올라서야지. 그게 우리가 지금까지 살아온 방식이었잖아."

"역시 마제다. 난 그런 네가 정말 좋아."

"너희들이 있는데 내가 두려워 할 게 뭐가 있겠어. 이제 때가 되었으니 한바탕 놀아보자."

"오케이, 신나게 노는 걸 마다할 내가 아니지."


문호량의 눈가가 슬며시 떨렸다.

예상은 했지만 한정유가 본격적으로 시작하겠다는 말을 입으로 뱉어내자 가슴이 벅차올랐기 때문이다.

이 세계에 온 이후 자신만의 영역을 구축하며 때를 기다렸다.

왜 자신이라고 한정유 같은 생각을 하지 않았겠는가.

하지만, 확신이 없었다.

이 세계에 존재하고 있는 자들이 만들어놓은 판을 뒤엎기엔 자신이 지닌 힘이 부족했으니까.

그러나 한정유와 함께한다면 어떤 것도 두렵지 않다.


"무슨 이야기를 하고 있어?"

"화장실 간다던 놈이 왜 이제 와. 참 오래도 싼다."

"원래 정력이 뛰어난 사람은 오래 걸려. 사장님은?"

"길드협회 사람들이랑 이야기할 게 있다고 갔다. 그 양반 발이 꽤 넓어."

"그나저나, 지루하네."

문호량이 대답하자 김도철이 자리에 털썩 주저앉으며 고개를 좌우로 꺾었다.

　밖에서는 연신 시끄러운 소리가 들려왔는데 직원들이 언론 기자들의 접근을 막으며 생긴 소음이었다.


　"행사가 시작되려면 아직도 1시간이나 남았어. 길드협회, 이 새끼들 왜 빨리 오라고 지랄들을 떨어서 주구장창 기다리게 만들어. 성질나게."

　"거기서 잠이나 자. 심심하면."

　"넌 이 상황에서 잠이 오겠냐? 우리 정유가 조금 있으면 온 세상의 스포트라이트를 받으며 영웅으로 등극할 텐데?"

　"느낌 좋고, 격려 좋고."

　"그런데 뭘 그렇게 재미나게 이야기했어?"


　역시 눈치가 9단이다. 그리고 고수답다.

　고수는 분위기를 느끼는 감각이 특별나기에 문호량의 투기를 금방 알아챈 것 같았다.


　"네 여자 친구 얘기했다. 다음 주에 소개할 때 호량이도 같이 가자고 했어."

　"내가 들으면 안 되는 이야긴가 보네. 너희들, 나 빼놓고 비밀을 만들 생각이야?"

　"비밀은 무슨. 오늘은 시합부터 하자. 내가 나중에 자세하게 이야기해 줄 테니까 조금만 참아. 어차피 네가 없으면 안 되는 일이니까."

한정유가 빙그레 웃었다.

놈이 뭔가를 눈치챘지만 지금 주절주절 말할 내용이 아니었
다.

그때, 밖에 나갔던 남정근이 미친 듯 뛰어 들어오는 게 보였
다.

"한 팀장, 나하고 같이 가야겠다. 씨발, 대통령님이 너를 잠깐
보자신다!"

"왜 부른답니까?"

"몰라, 오늘은 결승전이니까 시합 전에 격려라도 하려는 모양
이지."

문밖으로 나가자 검은 정장을 입은 자들이 기다리고 있는 게
보였다.

한눈에 봐도 헌터들이다.

하긴 대통령 정도의 신분이라면 이런 세계에서 일반인들로 경
호를 세운다는 것 자체가 이상한 일이다.

사내들을 따라서 복도를 한참 걸어가자 검은 양복을 입은 자
들이 점점 많아졌다.

사내들의 숫자는 30명에 달했는데 양복 안이 뭉툭한 게 권총
을 소지하고 있는 게 분명했다.

남정근은 더 이상 따라오지 못했다.

육중한 문이 나타나자 귀에 레시버를 꼽은 사내가 남정근을 가로막았던 것이다.

사내가 열어주는 문을 열고 안으로 들어서자 거대한 소파에 앉아 있던 남자가 천천히 일어서는 게 보였다.

익숙한 얼굴.

바로 이 나라를 이끌고 있는 대통령 윤정호였다.

"어서 오시오. 한정유 씨, 반갑습니다."

"만나 뵙게 되어 영광입니다."

내밀어진 손을 공손히 잡았다.

권력의 최상층에 있지만 실권을 모두 뺏긴 허수아비 대통령.

힘없이 웃는 얼굴이 안쓰럽게 보였다.

그가 앉으라며 손을 가리켰기에 조심스럽게 자리에 앉았다.

"나는 한정유 씨가 태풍OR 출신이란 걸 비서실장에게 듣고 깜짝 놀랐습니다. 그동안 OR에서 출전한 경우가 거의 없었거든요."

"저는 OR에도 능력 있는 각성자가 있다는 걸 사람들에게 알려주기 위해 출전했습니다."

"하하… 대단합니다. 그 유명한 동영상의 주인공이라면서요. 대통령으로서 국민들을 지켜줬는데 제대로 인사를 못 했습니다.

미안합니다."

북한산에서 빠져나왔던 스켈레톤을 말하는 거다.
그랬기에 한정유는 살짝 고개를 흔들며 겸양의 말을 꺼냈다.

"아닙니다. 저는 OR의 임무를 충실히 수행했을 뿐입니다."
"어쨌든 국민의 생명을 지킨 건 대단한 일이지요. 그런데… 태
풍OR에서 길드 신청을 할 생각이라면서요?"

등 뒤에서 전류가 스르륵 흘렀다.
어쩐지 이상하다 했다.
공공연히 선수를 격려하는 자리였다면 지금 여기에는 꽤 많
은 사람들이 있어야 했으나 눈앞에는 오직 대통령만 있을 뿐이
었다.
이것이었나?

"예, 그렇습니다. 저희 태풍OR은 히어로전이 끝나는 대로 길
드 격상을 신청할 예정입니다."
"한정유 씨가 주축입니까?"
"길드의 회장은 현 태풍OR 사장인 남정근 씨가 맡을 겁니다.
대신 길드 신청에 관련된 실무는 제가 맡을 것 같습니다."
"길드 신청 조건이 까다로운데, 자격을 갖춘 모양이죠?"
"태풍OR에는 저를 비롯해서 특급 골든헌터 김도철 등 20여
명의 골든헌터와 100여 명의 능력 있는 헌터들이 있습니다."

"그럴 리가… 내가 알기로는 태풍OR에 그런 각성자들이 없던 데……. 어찌 된 일인지 말해주실 수 있나요?"

"먼저 대통령님께서 저를 부른 이유를 명확하게 밝혀주시면 솔직하게 답변 드리겠습니다."

"음……."

한정유의 대답에 대통령의 얼굴이 서서히 굳어져 갔다.

뭔가를 망설이는 태도.

하지만, 그 망설임은 오래가지 않았다.

"난 한정유 씨가 이번 히어로전에서 우승할 거란 생각이 들어요. 그래서 도움을 받고 싶었습니다. 부끄럽게도 나는 허수아비 대통령이 되었습니다. 막강한 힘을 지닌 길드들이 정, 재계를 장악하면서 그렇게 되었죠. 지금 대한민국은 대통령인 내가 아니라 길드회장단의 결정에 따라 움직이고 있는 형편입니다. 자… 나에게 사실을 말해주시오. 태풍OR이 천왕회와 관련 있다는 게 사실입니까?"

하아, 이 양반 봐라.

나를 그냥 부른 게 아니구나.

스스로를 허수아비로 불렀지만 이 정도의 정보를 캐치했다는 건 그에게도 상당한 정보망이 존재한다는 뜻이다.

그랬기에 한정유는 잠시 대통령을 응시했다가 천천히 입을 열었다.

"그렇습니다. 저희 태풍OR은 천왕회와 관련이 있습니다."

"한정유 씨는 천왕회와 어떤 관계죠?"

"제가 천왕회의 주인입니다."

"어허, 베일에 싸여 있던 천왕회장이 한정유 씨란 말입니까?"

"아닙니다. 천왕회장은 따로 있습니다. 하지만, 제가 천왕의 주인인 것은 사실입니다."

"나는 무슨 말인지 알아듣기 힘들군요."

"대통령님의 말씀을 모두 듣고 설명 드리겠습니다."

"좋습니다. 그럼 태풍OR은 얼마나 큰 세력을 가지고 있습니까?"

"길드 2개 정도의 힘이 있습니다. 하지만, 조금만 시간이 지나면 5개까지 처리가 가능할 것 같습니다."

"정말이오?"


놀란 모양이다.

하긴, 놀라지 않는 게 더 이상하다.

아무리 천왕회와 관련이 있다 해도 5개까지 처리가 가능하다는 건 믿기 어려웠을 것이다.


"사실입니다. 그러니 대통령님이 제게 원하는 것을 말씀해 주십시오."

"솔직히 말하겠습니다. 한정유 씨, 나를 도와주시오. 길드에 장악된 이 나라가 정상으로 돌아갈 수 있도록, 그래서 길드의 이

익이 아니라 국민들이 편히 살 수 있는 나라가 될 수 있도록 도
와주시오!"

*　　　　*　　　　*

구름처럼 몰린 관중들.

빈틈을 찾아보기 어렵다.

기자석은 물론이고 심지어 간간이 빈자리가 보였던 귀빈석까
지 빼곡하게 자리가 찼다.

한정유가 전투장에 나타나자 거대한 강남 돔이 별처럼 아름
다운 불빛으로 가득 뒤덮였다.

기자들은 물론이고 일반 관중들까지 핸드폰을 꺼내 든 채 미
친 듯이 사진을 찍었기 때문이다.

그것은 반대쪽에서 기남석이 나타났을 때도 마찬가지였다.

양분된 분위기.

관중들은 서로가 응원하는 선수들의 이름을 연호하기 시작했
는데, 단지 출전만 했을 뿐인데도 분위기는 뜨거워질 대로 뜨거
워진 상태였다.

드디어 지루한 행사가 끝났다.

무슨 결승전 시작 부저를 대통령이 직접 나와서 눌러?

거의 모든 국민들이 지켜보고 있으니 결승전을 시작한다는

흥분을 극적으로 끌어 올리기 위한 이벤트다.

하여간 머리 잘 돌아가는 놈들 하는 짓 보면 가끔가다 감탄
이 나온다.


한정유는 경기를 알리는 부저 소리와 함께 뚜벅뚜벅 전투장
의 중앙으로 걸어갔다.

그런 후 맞은편에서 다가온 기남석을 향해 손을 내밀었다.

처음으로 하는 짓이다.

지금까지 그는 부저 소리가 들리는 즉시 상대를 박살 냈을 뿐
먼저 인사를 한 적이 없었다.

그럼에도 손을 내민 건 히어로전을 주관하는 길드협회에서 결
승전답게 상대와 상호 인사를 해 달라고 간곡하게 부탁했기 때
문이다.


"그 칼 정말 무섭더군. 하지만, 내 검도 만만치 않을 거야."

"손이 차갑네. 긴장하지 마라. 예쁘게 보내줄 테니까."


더 말하고 싶지 않았다.

어차피 싸움은 입으로 하는 게 아니라 칼로 한다.


다시 천천히 뒤로 물러섰다가 무극도를 꺼내 들었다.

그런 후 기남석이 검을 빼는 걸 확인하고 앞으로 돌진해 들어
갔다.

나는 간 같은 건 보지 않는다.

네 검이 얼마나 날카로운지 생각해 본 적도 없어.

그리고 오늘은 특히 시간을 끌지 않을 생각이야.

너를 단숨에 보내야 할 이유가 또 하나 생겼거든.

현천보가 비행하기 시작했다.

빼어 든 무극도에 내공을 불어 넣자 단박에 오 척에 달하는 도기가 새파랗게 뿜어져 나왔다.

1초에 보낸다.

그러니 네가 지닌 모든 것을 지금 꺼내.

현천보를 이용해 공중으로 떠오른 한정유가 마주 솟구치는 기남석을 향해 무극도를 뻗어냈다.

그러자 무극도가 산개되며 갈라지기 시작하더니 환영을 만들어냈다.

아니다.

환영이 아니라 셀 수 없이 생성된 그 모든 도기가 전부 진짜다.

이 세계에 온 이후 한 번도 펼치지 않았던 섬전십삼뢰의 후삼식, 바로 제7초식 천지(天地)였다.

잔뜩 긴장한 기남석의 검에서 검기가 줄기줄기 뿜어져 나오며 전신을 방어했으나 한정유의 무극도는 전진을 멈추지 않고 그대로 검막을 뚫고 들어갔다.

하늘과 땅을 부수는 힘.

이것이 바로 무림 역사에서 제일 강하다는 섬전십삼뢰의 위력
이다.

콰앙!
사방으로 비산하는 광채.
그리고 서서히 찢겨져 나가는 검막.
기남석의 전신을 철저하게 두르고 있던 검막이 한정유의 무극
도에 의해 단박에 찢겨져 나갔다.
한 곳이 찢긴 것이 아니라 수십 군데가 찢겼다.
천지에서 발생된 도기의 위력은 기남석이 만들어 놓은 방어
초식을 단박에 격파해 버렸는데, 마치 하늘에서 수많은 유성이
떨어지는 것처럼 보일 정도였다.

아마 몰랐을 것이다.
기남석은 자신이 지닌 검법의 구명절초가 충분히 무극도의 도
기를 방어할 수 있을 것이라 판단한 후 본격적인 반격을 구상한
게 틀림없었다.
그러나, 그 한순간의 선택은 돌이킬 수 없는 결과를 만들어냈
다.

휘리릭……
공중에서 내려와 유연하게 착지한 한정유가 10m나 날아가 떨
어진 후 꿈틀거리는 기남석을 보며 무극도를 갈무리했다.
꿈틀꿈틀.

독한 의지로 일어나기 위해 몸부림을 쳤지만 그것이 한계다.

보기 안쓰러울 정도의 몸부림.

그냥 있어. 죽고 싶지 않으면.

너는 네가 얼마나 운이 좋은지 모를 거다.

이곳이 만약 전장이었다면 네 목은 벌써 가루가 되어 형체도 남기지 못했을 거야.


강남 돔 전체에 깔린 정적.

벌써 몇 번쨴가.

한정유의 시합이 있을 때마다 발생했던 정적은 이번에도 변함없이 강남 돔을 고요 속에 빠트렸다.


얼마나 시간이 지났을까.

경악.

놀람과 환희, 그리고 영웅의 탄생.

언제까지나 지속될 것 같던 정적이 깨지며 모든 관중들이 자리에서 일어나며 폭탄 같은 함성을 터뜨렸다.


불과 10초.

시합이 시작된 후 승부가 결정된 것은 눈 깜짝할 사이에 불과했다.

그랬기에 관중들은 충격을 받았고 결과를 쉽게 받아들이지 못했다.

뒤늦게 터진 함성.

강남 돔을 완전히 사로잡은 관중들의 함성으로 인해 경기장은 지진이 발생한 것처럼 흔들거렸다.


한정유는 그런 관중들의 함성을 들으며 오연하게 서서 귀빈석 쪽을 바라보았다.

이 세계를 장악한 자들.

자신의 압도적인 승리를 확인했음에도 미동조차 하지 않는 길드 수장들의 모습이 건방지게 느껴졌다.

이 정도를 보여줬음에도 너희들의 눈에는 양이 차지 않았다는 뜻이지?

크크…… 무슨 마음인지 알아.

바다처럼 새어 나오는 광대한 기운.

길드의 수장들에게서 새어 나오는 기세를 보며 한정유가 웃었다.

20명이 모여 있는 귀빈석.

최소 그중 대다수가 절대의 기운을 흘려내고 있었다.

다시 말해 자신의 지금 수준으로는 승부를 장담하기 어려운 상대들이란 뜻이다.

하지만, 기다려.

너희들의 그 오만함이 얼마나 웃긴 것이었는지 조만간 확실하게 보여줄게.

얼마 남지 않았어. 그런 순간이…….

시합이 끝나기를 기다리고 있던 남정근과 친구들, 그리고 자신을 열렬하게 응원하던 직원들이 미친 듯 뛰어오는 게 보였다.

그들의 얼굴에 담겨 있는 것은 오로지 환희와 감격의 웃음뿐이었다.

"한 팀장, 장하다. 최고야!"

제일 먼저 달려 나온 남정근이 펄쩍펄쩍 뛰면서 한정유를 붙든 채 기쁨을 숨기지 못했다.

문호량과 김도철 역시 함박웃음을 짓고 있었지만 남정근만큼은 아니었다.

남정근은 마치 자신이 우승한 것처럼 두 팔을 번쩍 들고 관중들을 향해 포효를 터뜨렸는데 그 모습이 미친 사람처럼 보였다.

"봤냐, 봤어! 씨발, 태풍OR이 이기는 거 봤어! 앞으로 OR이 어쩌고 하는 새끼들은 다 죽일 거야. 우리가 최고다, 이 새끼들아!"

하긴, 그건 남정근만 그런 게 아니다.

자신들의 팀원을 비롯해서 경호를 위해 따라온 직원들은 모두 관중들을 향해 소리를 질러대고 있었는데 그동안 당했던 분풀이를 모두 쏟아내는 것 같았다.

언제까지나 지속될 것 같던 관중들의 함성이 서서히 줄어들기 시작하자 길드협회에서 내세운 장내 아나운서의 멘트가 시작되었다.

"관중 여러분, 그리고 국민 여러분. 오늘의 승자는 태풍을 몰고 온 사나이. 풍운아 한정유 선수입니다. 다시 한번 히어로전의 우승자 한정유 선수에게 뜨거운 박수를 보내주시기 바랍니다!"

"와아, 와아!"

아나운서의 선동에 자극받은 관중들의 함성이 또다시 강남 돔 경기장을 흔들었다.

그러나 이런 아나운서의 선동은 다음 행사를 진행하기 위한 전초 작업에 불과한 것이었다.

"그럼 지금부터 히어로전 우승자인 한정유 선수에게 대통령께서 직접 우승 트로피와 상금을 수여하는 시상식을 시행하겠습니다……."

뜨거운 관중들의 반응과 다르게 귀빈석의 분위기는 싸늘했고 무거운 정적 속에 사로잡혀 있었다.

전투장으로 내려간 대통령이 우승자인 한정유를 격려하며 시상식을 하고 있으나 그들의 눈은 서늘했을 뿐이다.

"이 회장님이 보시기엔 어떻습니까?"

"좋군요. 오랜만에 물건이 나왔어요. 2년 만에 저 정도라. 정체가 궁금해지는군요."

"아마 한 시대를 주름잡았던 자일 겁니다. 제가 예상했던 것보다 훨씬 강한 걸 보면 앞으로가 걱정이군요."

"천왕회가 관련되어 있다고요?"

"그렇습니다."

피닉스 길드의 회장 이무천이 고개를 돌려 자신을 바라보자 길드협회장 강신쾌의 얼굴에 쓴웃음이 떠올랐다.

협회 내에 간자가 있다.

한정유에 관한 것은 극비로 붙이고 있었는데 이무천이 그런 사실을 안다는 건 길드협회 상층부에 그의 눈과 귀가 심어져 있다는 걸 의미했다.

하긴, 충분히 예상했던 일이다.

길드협회에 자리 잡은 자들의 원천은 길드 출신이 전부였으니 어쩌면 당연한 일이다.

"태풍OR를 길드로 승격시키겠다는 야망이 있다고 들었는데, 그것도 사실인가요?"

"이미 신청서가 접수되어 있습니다. 하지만, 협회에서는 거부할 생각입니다."

"당연히 그래야지요. 길드의 숫자는 지금도 많습니다."

천왕회의 존재까지 알고 있는데 태풍OR의 길드 승격 신청을 모르는 게 오히려 더 이상하다.

그랬기에 강신쾌는 담담하게 그의 질문에 대답했다.

여기에 있는 길드의 수장 중 그 누구도 신규 길드의 탄생을 원하지 않는다.

이미 자리 잡은 길드의 아성을 누군가에게 양보해 준다는 것은 자신의 살점을 떼어내 주는 것과 마찬가지니까.

"시합 전에 우리 정보팀에서 저놈이 대통령을 만났다는 전갈을 가져왔습니다. 들으셨죠?"

"들었습니다. 하지만, 그건 선수를 격려하기 위함이라고 들었습니다. 한정유뿐만 아니라 기남석도 만났다고 하더군요."

"선수를 격려하는 데 굳이 밀실에서 할 필요가 있나요?"

"무슨 걱정을 하시는지 충분히 알고 있습니다. 그러나 그런 걱정은 기우일 겁니다. 한정유의 뒤에 천왕회가 있다 해도 대통령은 아무것도 할 수 없다는 걸 잘 알잖아요. 정재계가 전부 우리 손아귀에 있는데 저자가 할 수 있는 게 뭐가 있겠습니까?"

"그렇긴 하지만 예사로 넘길 일은 아닙니다. 대통령이 유일하게 가지고 있는 게 있죠. 실권은 없지만 대통령은 국민들에게 절대적인 지지를 받고 있습니다. 한정유, 2년 만에 저 정도가 되었다면 시간이 지날수록 앞으로 어떻게 변할지 모릅니다. 만약 대통령이 한정유를 등에 업는다면 어쩔 생각입니까?"

"그땐 다른 방법을 강구해야겠지요."

또다시 발칵 뒤집힌 언론.

결승전의 결과가 국내외 언론을 타고 미친 듯이 속보로 날아
갔다.

「풍운아 한정유, 강력한 적수 기남석에게 압도적인 승리!」

한정유 선수가 히어로전 결승에서 1라운드 12초 만에 승리를 거머쥐
었다. 한정유 선수는 이번 토너먼트에서 전부 1라운드에 승부를 결정짓
는 기염을 토해냈는데, 이것은 히어로전 역사 이래 최초의 기록이다. 전
문가들은 한정유 선수의 무력이…….

「그의 능력은 어디까진가. 한정유, 대한민국의 희망으로 떠오르다!」

한정유 선수가 히어로전의 우승을 차지했다. 이로서 그는 6연속 KO승
을 거두는 진기록을 수립하며 WHC(세계 헌터 챔피언십)에 출전하게 되었
다. 경기를 지켜본 전문가들은 한정유 선수가 역대 최강이란 평가를 내
리며 대한민국이 한 번도 우승하지 못했던 내년 WHC에서 좋은 성적을
거둘 거란 기대감을 높였다…….

모든 언론의 보도 내용이 대동소이했으나 그 속에 담겨 있는
건 전부 경기 결과가 충격적이란 것과 WHC 우승에 대한 희망
이었다.

변덕이라는 말로 부족하다.

처음에는 그저 구색 맞추기에 불과한 존재로 치부하더니 폭풍 같은 기세로 우승까지 차지하자 벌써부터 WHC를 운운하며 국민들의 기대감을 한껏 높여댔다.

물론 언론만 탓할 일이 아니다.

그만큼 한정유가 보여준 무력이 압도적이었기에 발생한 일이었으니.

$$*\qquad*\qquad*$$

월요일.

회사에 출근한 김윤석은 다가온 김만식의 얼굴을 바라보며 통쾌한 웃음을 흘려냈다.

김만식은 떫은 감을 씹은 것처럼 얼굴이 일그러져 있었는데 벌써 여러 사람한테 당한 흔적이 역력했다.

"거 봐, 내가 뭐라고 그랬어. 그러게 로또 같은 거 하지 말라고 그랬잖아."

"그 미친놈이 그렇게 강할 줄 누가 알았겠어."

"그나저나 조금 아쉽더구만. 엄청 기다렸는데 너무 싱겁게 끝나서 뭘 본 건지도 모르겠다. 동영상이 워낙 짧아서 10번이나 돌려 봤는데도 이건 뭐⋯⋯."

"김 과장, 난 기남석한테 걸었지만 막상 그놈 시합을 보고 나니까 그냥 막 심장이 두근거리더라. 아무리 생각해도 갠 히어로 전에 나올 수준이 아닌 것 같아."

"나도 그렇게 생각해. 완전 스페셜 마스터급이야. 아니, 어쩌면 더 강할 거란 생각이 들어."

"그렇지?"

"신문에서 지금 난리도 아니잖아. 이번엔 정말 WHC도 먹을 수 있을지도 모른다고 완전 난리야."

"정말 그랬으면 좋겠다. 일본 새끼들, 히이로전 한 번 우승한 거 가지고 그동안 우릴 얼마나 약 올렸어. 한정유가 그 새끼들 코를 납작하게 만들어주면 한이 없겠다."

언제 그랬냐는 듯 김만식의 얼굴에서 열이 피어올랐다.

비록 로또에서 기남석에게 걸었지만 일본의 존재가 떠오르자 기대감이 무럭무럭 피어났기 때문이다.

일본은 저번 대회에서 스기야라란 걸출한 각성자가 나타나 세계 헌터 챔피언십을 석권하면서 국가의 위상이 높아질 대로 높아진 상태였다.

물론 우승할 수도 있다.

문제는 일본이 히이로전에서 우승한 후 지난 3년 동안 대한민국을 깔아뭉개고 있다는 것이었다.

근본적으로 수준이 다르단 말과 함께.

굳이 따지면 사실이긴 했지만 당하는 입장에서는 열이 받을 수밖에 없었다.

일본에는 40개의 길드가 존재했고 소속된 헌터들도 대한민국보다 배는 더 많았는데, 그동안 WHC에서 3번이나 4강에 들고 저번 대회에서는 우승까지 했으니 콧대가 높아질 만도

했다.


어느덧 출근한 직원들이 하나둘 몰려들었다.

워낙 히어로전의 결과가 충격적이었고 일본에 관한 말들이 튀어나오자 직원들은 자연스럽게 그들의 곁으로 다가왔다.


"이번에 일본에서 우승한 겐죠라는 놈이 어마무시하다고 하던데, 씨발 한정유가 이길지 모르겠네."

"저도 봤어요. 겐죠 그 새끼는 진짜 괴물이에요. 마이튜브에 올라온 동영상을 봤더니 그냥 공중에서 날아다니다가 상대를 쓰러뜨리더군요. 완전히 상대가 어쩔 줄 모르다가 그냥 쓰러지더라고요. 일본에서는 그 새끼가 내년 WHC에서 우승할 거라면서 벌써부터 지랄들을 떨고 있어요."

"염병들하네. 겐죠 그놈은 6번 싸워서 2번이나 판정승을 했어. 하지만 우리 한정유는 6번 다 KO승이야. 그 새끼가 괴물이든 뭐든 상관없어. 분명히 한정유가 이겨줄 거야."

"맞아. 난 일본 놈만 깨주면 한정유가 WHC에서 우승하지 못해도 좋아. 그 새끼들이 그동안 우릴 얼마나 깔봤냐. 내가 각성자였으면 혼자라도 동해를 건너갔을 거야. 개새끼들."

"이번엔 무기력하게 당하지 않을 겁니다. 우리 한정유가 대단하잖아요. 이번에는 반드시 이겨줄 겁니다."


\*             \*             \*

우승을 하고 나자 세상이 변했다.

자고나니 스타가 되었다는 말이 정말 실감 나는 시간들이 계속되었다.

모든 언론들이 따라 붙는 바람에 한정유는 집에 들어가지 못하고 문호량이 마련해 준 호텔에서 머물렀다.

기자들은 귀신같아서 아무리 주의해도 집이 노출되는 건 시간문제였기 때문이었다.


별게 다 화제다.

경기가 끝난 후 언론은 물론, 각종 포털 사이트에는 온통 한정유에 관한 것들 뿐이었는데, 그중에는 김가은에 관한 것들도 자주 눈에 띄었다.

언제 찍었는지 언론은 한정유와 김가은의 데이트 장면을 올리며 두 사람의 관계가 연인 사이일 거란 추측성 보도를 무차별적으로 쏟아내는 중이었다.


"영웅이 된 기분 어때?"

"귀찮아. 밥도 제대로 못먹고 이게 뭐냐. 이럴 줄 알았으면 도철이 너한테 넘겨줄 걸 그랬어."

"마음에도 없는 소리하지 마. 그리고 나는 너처럼 그렇게 미친 짓 못해. 거기 나온 놈들 전부 대단한 놈들이었어, 너니까 가능했던 거야."

"그나저나, 가은 씨가 무척 고생하겠다."

"재미있잖아. 솔직히 말해 봐. 궁금하지?"

"뭐가?"

"가은 씨가 뭐라고 대답할지 궁금하지 않아?"

"아니라고 하겠지. 가은 씨는 여신으로 불리는 사람인데 쉽게 인정할 리 없잖아. 그리고 실제로 우린 사귀는 사이도 아니었는데 무슨 상관이야."

"정말 그렇게 생각해?"

옆에서 듣고 있던 문호량이 중간에서 끼어들었다.

그는 빙글빙글 웃고 있었는데 뭔가를 추궁하는 표정이었다.

여우같은 놈.

언제나 마음을 꿰뚫어 보기에 거짓말하기가 쉽지 않다.

"이 자식아, 그래 궁금하다. 넘어온 것 같기도 하고 아닌 것 같기도 하고 아리송했거든. 너 같으면 안 궁금하겠어?"

"거 봐. 솔직하니까 보기 좋잖아."

"그나저나, 기자들이 호텔 밖에 진을 치고 있으니 감옥이 따로 없네. 이걸 어쩌지?"

"뭘 어째. 집에만 안 가면 돼. 이제부터는 적응하면서 실컷 즐겨. 그렇게 살다 보면 곧 이런 삶에 익숙해질 거다."

즐기라고? 하이에나 같은 기자들이 쫓아다니는 게 뭐가 즐겁다고 즐겨.

자유를 박탈당하는 걸 생각해 봐. 너 같으면 즐겁겠냐?

이런 말을 하고 싶었다.

하지만, 한정유는 입맛만 다시며 고개를 돌렸다.

어차피 자신이 선택한 일이었으니 책임을 지는 것도 자신의 몫이었다.

그때 김도철이 슬그머니 입을 열었다.


"정유야, 사장님이 그러던데 곧 텔레비전 출연 스케줄 잡아서 알려준단다. 워낙 많은 방송국에서 출연 요청을 해서 사장님이 골치 아픈가 봐. 아무래도 월요일부터는 방송 출연을 해야 될 것 같아."

"하아, 그 양반. 아주 목을 매다는구만."

"어쩔 수 없잖아. 태풍 길드가 탄생하려면 네가 고생해 줘야 쉬워 져. 그러니 툴툴대지 마라."

"할 수 없지 뭐. 그런데 다음 주 수요일은 스케줄을 비워놓으라고 해."

"왜?"

"그날 대통령을 만나기로 했거든."

제25장

밥그릇

　김가은은 히어로전이 끝난 후 한정유를 만나지 못했다.

　축하해 주기 위해 달려갔을 땐 이미 그는 엄청난 기자들의 인파에 파묻혀 있었고, 곧장 경기장을 빠져나갔기 때문에 얼굴을 볼 수 없었다.

　아쉬웠다.

　그와 영광을 함께하고 싶었지만 상황은 그녀의 마음을 허락해 주지 않았다.


　할 수 없이 걸음을 돌려 한적한 곳을 찾아 전화기를 들었다.

　전화를 걸면서 가슴이 떨렸다.

　그를 처음 봤을 때 괜찮은 남자라고 생각했지만 이렇게 자신의 마음을 떨리게 만든 순간이 찾아올 줄은 미처 상상하지 못했다.

　—여보세요.

　부드러운 그의 목소리가 들려오자 온몸에서 전류가 찌르르
울려 퍼졌다.
　자동차의 움직임 소리가 들리는 걸 보니 일행들과 이동하는
중인 것 같았다.

"축하해요."
　—고맙습니다.
"다행이에요, 안 다쳐서."
　—이길 거라고 했잖습니까. 가은 씨가 응원해 줘서 그런가, 힘
이 펄펄 나던데요. 그런데 왜 안 왔어요?
"갔어요. 너무 많은 사람들한테 둘러싸여 있어서……."
　—그랬군요. 난 기다렸는데……. 조금 진정되면 우리 같이 저
녁 먹어요.
"알았어요."

　이 남자.
　여전히 표현이 서툴다.
　이런 상황에서 여자가 전화를 했으면 뭔가 더 다정한 말을 해
주면 좋을 텐데 바보처럼 그냥 툭하고 끊어버렸다.
　일행들이 있어서 그랬을 거라 이해하려 했지만 조금은 뭔가

서운한 느낌이 들었다.


기자들이 몰려들기 시작한 것은 시합이 끝난 다음 날부터였다.

인터넷 포털 사이트에서 한정유와 같이 있던 사진들이 나돌기 시작하더니 마치 먹이를 노리는 하이에나처럼 기자들이 떼로 몰려들었다.


기자들이 그녀를 찾는 이유는 뻔했다.

포털 사이트에서 난리가 났으니 한정유와의 관계를 확인하고 싶었을 것이다.

이틀 동안 기자들을 피해 집에서 꼼짝도 하지 않았다.

당황스러웠고 기자들을 만나게 되었을 때 무슨 말을 해야 할지 갈피를 잡을 수 없었다.

별별 생각이 다 들었다.

피한다고 해서 피할 수 있는 일이 아닌 이상 분명한 입장 정리가 필요했다.


회사에는 하루 휴가를 냈으나 이틀이 지나자 더 이상 숨어 있을 수만은 없었다.

냉염의 미소.

국민들에게 여신으로까지 불리던 그녀는 수많은 스케줄로 가득 찬 몸이었기에 숨어 있기엔 한계가 있었다.

예상했던 대로 그녀가 집을 나서자 수많은 기자들이 진을 치고 있는 게 보였다.

"김가은 씨, 지금 인터넷 포털 사이트에 한정유 씨와 데이트를 즐기는 사진들이 봇물처럼 올라오고 있습니다. 두 분이 어떤 사인지 말씀해 주십시오!"

"한정유 씨와 사귀는 겁니까?"

"한정유 씨와는 언제부터 만나셨나요?"

악을 쓰며 기자들이 묻는 건 예상대로 한정유와 관련된 것뿐이었다.

잠시 동안 서서 아무 말도 하지 않았다.

봇물처럼 쏟아지는 질문들을 들으며 그녀는 조용하게 서서 그들의 질문이 그치기를 기다렸다.

이런 소음 속에서는 대답해 봤자 제대로 전달이 되지 않는다는 걸 그동안 겪은 경험으로 안다.

역시 기자들은 눈치가 빠르다.

그녀가 오롯이 서서 가만히 서 있자 점점 소음이 잦아들더니 고요가 찾아왔다.

김가은의 태도에서 자신들의 궁금증에 대한 대답이 나올 것이라 확신한 것 같았다.

이윽고 모든 기자들이 입을 닫은 채 조용히 바라보자, 천천히 그녀의 입이 열렸다.

"저와 한정유 씨의 관계에 대해서 말씀드릴게요. 저는 그분과 일 년 전부터 친분을 가져왔습니다. 그러나 개인적으로 만난 건 5번밖에 없어요. 인터넷에 올라온 사진은 그런 과정에서 찍힌 사진들인 것 같아요."

"단순한 친구란 뜻입니까?"

"친구라고 하는 게 맞겠네요."

"개인적인 감정은 전혀 없다는 건가요?"

"음… 그건 아니에요. 친구로 만났지만 여러분도 알다시피 한정유 씨가 꽤 매력적이라 전 좋은 감정을 가지고 있어요."

"그럼 썸 타는 관계란 말씀이군요?"

"굳이 말한다면 그런 거죠."

"그렇다면 연인으로 발전할 수도 있다는 뜻입니까?"

"전 그런데 한정유 씨가 어떤 마음을 가지고 있는지 모르겠어요. 기자님들이 물어봐 주세요. 저는 아직 그 사람한테 사귀자는 말을 듣지 못했거든요."


그녀의 대답이 끝나자 기자들이 발칵 뒤집어졌다.

미친 듯이 사진을 찍는 놈, 한쪽에 쭈그려 기사를 써대는 놈, 전화기를 들고 악을 쓰는 놈.

몇몇이 꼬투리를 잡으며 계속 질문을 던졌으나 김가은은 대답을 마친 후 자신의 차로 걸어가 시동을 걸었다.

자신이 할 말은 다 했다.

지금부터는 기자들이 한정유의 대답을 가져오길 기다리면

된다.

*　　　*　　　*

"가은 씨, 대단하네. 정유야, 넌 좋겠다."

"뭐가?"

"이 여자 정말 똑똑하잖아. 교묘하게 대답을 피하면서 눈치코치 없는 너를 협박했으니 얼마나 현명해. 예쁜 줄만 알았더니 여우가 따로 없어. 배짱도 좋고."

"재미있냐?"

"응, 그럼 안 재미있겠어. 불구경도 재미있지만 사랑싸움 구경하는 것도 그에 못지않게 재미있단다."

"확실하게 대답하라는 거 맞지?"

"그럼 뭐겠냐. 얼마나 네가 답답하게 했으면 가은 씨가 저렇게 나왔겠어."

"나름대로 열심히 한 것 같은데 부족했던 모양이네."

"공은 너한테 넘어오셨고, 이젠 어쩔 생각이냐?"

"뭘 어째. 돗자리 퍼줬으니 해결해야지."

빙글빙글 웃고 있는 김도철에게서 시선을 돌린 한정유가 창쪽으로 걸어갔다.

호텔 밖은 어제부터 기자들로 인산인해를 이루고 있었는데 오늘은 그 숫자가 배로 늘어난 것 같았다.

뭐냐, 저건.

중계차까지 왔다.

김가은의 인터뷰가 나간 후 방송국에서는 중계차까지 보냈는데 생방송을 하려는 모양이었다.

"도철아, 가자."

"어딜?"

"쟤들도 먹고살게 해줘야지. 언제까지 저렇게 세워둘 순 없잖아."

"착해지셨네. 우리 정유가 철들었어. 그런데 나는 왜 가냐? 주인공도 아닌데."

"너도 역사적인 장면을 구경해야 될 거 아냐. 이런 구경하기 힘들 테니까 같이 가."

"웃겨. 난 사진빨이 잘 안 먹어. 시끄러운 것도 질색이고."

"이 자식아. 친구 따라 강남 간다는 말도 못 들어봤어? 빨리 따라와. 얼른 해치우고 밥 먹으러 가게."

"아퍼, 인마!"

한정유가 대뜸 귀를 잡아끌자 김도철이 비명을 질러댔다.

혼자서는 왠지 쑥스럽다.

이럴 때는 친구 놈을 끌고 가서 부끄러움을 반쯤 나누는 게 좋은 방법이다.

"한정유다, 한정유가 나타났다!"

한정유가 김도철과 함께 로비를 걸어 나와 호텔 밖으로 나서
자 먼저 본 기자들의 입에서 벼락같은 고함이 터져 나왔다.

그에 맞춰 한바탕 난장판이 벌어졌다.

밀치고 쓸리고, 어떤 놈은 넘어져서 카메라를 깨먹고.

하아, 기자란 놈들이 이렇게 질서 정신이 없어서야.


한정유가 호텔 밖으로 나서자 검은 양복을 입은 자들이 자연
스럽게 장막을 형성하며 기자들의 접근을 차단했다.

문호량이 한정유의 경호를 위해 배치해 놓은 청류대원들이었
다.


"한정유 씨, 김가은 씨와의 인터뷰 내용 보셨습니까?"

"봤습니다."

"김가은 씨는 아직 두 분이 사귀는 관계가 아니라고 하던데
요. 사실입니까?"

"그렇습니다."

"김가은 씨는 좋은 감정을 가지고 있다는 말씀을 하셨습니다.
아직 관계가 진전되지 않은 이유가 한정유 씨의 감정을 확인하
지 못했기 때문이라던데요. 한정유 씨는 김가은 씨를 어떻게 생
각하고 계십니까?"

"예쁘고 현명한 사람이라 생각합니다."

"애매모호한 답변이시네요. 그 말씀은 사귈 생각이 없다는 뜻
입니까?"

"아닙니다. 저는 그분을 좋아하고 있습니다. 히어로전 때문에

자주 만나지 못했는데 앞으로는 자주 만나면서 제 마음을 전할 생각입니다."

"우와!"

기자들의 입에서 탄성이 쏟아져 나왔다.

김가은의 대답도 파격적이었지만, 한정유의 대답도 그에 못지않았다.

대부분의 유명인들은 스캔들이 터지면 감추느라 정신이 없었는데 두 사람은 기다렸다는 듯 언론을 이용해서 자신들의 마음을 고스란히 드러냈다.

특종.

히어로전에서 우승하며 대한민국의 아이콘이 되어버린 한정유와 그동안 오랜 시간 냉염의 미소라 불리며 커다란 인기를 얻어온 김가은의 열애설이 확인되는 순간이었다.

"하나만 더 묻겠습니다. 김가은 씨의 어떤 면이 좋았습니까?"

"김가은 씨를 처음 만난 건 언제였죠?"

"주로 데이트는 어디서 하셨습니까?"

하여간 기자란 존재는 냉정한 놈들이다.

모든 질문과 대답이 끝나자 볼일 다 봤다는 듯 천지사방으로 뿔뿔이 흩어졌는데, 호텔 밖으로 나간 것이 아니라 전부 여기저기 쭈그려 앉아 미친 듯 노트북을 두드려 댔다.

참 좋은 세상이다.

자신이 한 말은 특종이란 이름으로 순식간에 인터넷을 통해 수많은 국민들에게 알려질 테니 말이다.

* * *

김가은은 언론과 인터뷰를 한 후 초조한 시간을 보냈다.

너무 경솔했다는 생각이 들었지만 이미 엎질러진 물이었기에 다시 주워 담을 방법도 없다.

언론과 인터넷은 여전히 자신의 인터뷰 내용 때문에 난리가 난 상태였다.

직원들은 직접적으로 말은 안 했지만 무척 놀라는 눈치였다.

갑자기 터져 버린 스캔들.

그녀의 별명이 냉염의 미소인 것은 워낙 아름다운 외모를 가진 게 가장 큰 이유였지만 남자에게 관심을 보이지 않는 냉정함도 한몫을 했다.

그랬기에 스캔들이 터져 버리자 직원들은 놀람과 더불어 호기심과 궁금증을 숨기지 못했다.

너무 신경을 썼더니 머리가 아파 조퇴를 하고 집으로 돌아왔다.

이대로 그냥 앉아 있다가는 직원들의 시선에 질식한 것만 같았다.

집에 도착해서 문을 열고 들어서자 동생인 김유선이 도끼눈을 뜬 채 자신을 맞아들였다.

"언니, 미친 거지?"

"왜?"

"그렇게 콧대를 세우더니 이게 웬 개망신이야. 이왕 할 거면 하나를 빼시던가!"

"뭘 빼?"

"만약 한정유 씨가 싫다고 하면 어쩔 거야? 여자가 자존심이 있어야지. 마음에 든단 말은 뭐 하러 기자들한테 했어. 쪽 팔리게."

"야, 내가 그러고 싶어서 그랬겠니. 밤새도록 고민해서 결정한 거야. 그 정도는 해봐야 그 사람이 이실직고할 것 같아서. 나도 심사숙고 끝에 그런 거니까 시비 걸지 마."

"그 정도로 멍청해?"

"멍청하다기보단 눈치가 없는 거지. 그래서 더 괜찮다고 느꼈지만."

"참내, 스릴 있어서 좋긴 한데 약간 긴장되네. 그 사람이 기자들한테 단순히 친구라고 하면 웬 개망신이냐고."

"그럴 리 없어."

"확실해?"

"야, 너 자꾸 사람 불안하게 만들래!"

"사안이 오죽 심각해야 말이죠. 엄마, 아빠는 기자들 꼴 보기 싫다고 청주 내려가셨어. 딸내미 잘못 키웠다면서 창피해 죽겠다네요."

"정말?"

"호호… 오늘 큰아버지 생신이시래. 그래서 청주 간 거야."

"이씨, 깜짝 놀랐잖아!"

"그나저나, 왜 아직도 소식이 없을까. 하루 종일 핸드폰만 쳐다보고 있었더니 눈 아파죽겠네. 얼른 씻고 나와. 맥주 마시면서 우리 그 남자의 결정을 흥미진진하게 기다려 봅시다."

김유선이 핸드폰에 시선을 둔 채 돌아서는 걸 보며 김가은은 한숨을 길게 내리쉬었다.

동생마저 저 정도이니 다른 사람들은 어떨까?

샤워를 한 후 편한 옷으로 갈아입고 거실로 나오자 김유선이 맥주를 준비한 채 기다리고 있는 게 보였다.

재미있어 죽겠다는 표정을 한 채.

"언니야, 포털 사이트에 뜬 기사가 전부 한정유 씨에 관련된 건데, 그건 어디에도 안 나온다. 아직 기자들이 습격하지 못한 것 같아."

"휴우… 유선아, 내가 너무 직설적이었니?"

"응, 나도 놀랐는걸."

"그냥 친구 사이라고 말했으면 이렇게 일이 커지지는 않았을 거야. 그렇지?"

"그건 또 우리 언니 스타일이 아니죠."

"에잇, 오죽 답답했으면 내가 그랬을까. 맥주나 줘 봐. 목말라."

김유선이 건네준 맥주를 단숨에 벌컥벌컥 들이켰다.
긴장이 돼서 그런가 자꾸 목이 말라왔다.
그때, 김유선이 비명을 지르면서 소리를 질렀다.

"오우, 씨. 소름. 언니, 정유 오빠 인터뷰 떴다. 아이고, 우리 언니 조만간 시집가겠네."
"어떻게 됐어?! 줘 봐!"

김가은이 동생의 손에 있던 핸드폰을 잡아채듯 뺐었다.
그런 후 긴장된 눈으로 핸드폰에 떠 있는 기사의 제목을 확인했다.

"한정유, 김가은을 좋아한다고 고백. 연인 관계로 발전하기를 희망!"

마치 머리가 텅 빈 것 같았다.
가슴이 쿵쾅거리며 뛰었고 얼굴이 순식간에 새빨갛게 달아올랐다.
급히 기사 제목을 클릭하고 안으로 들어가자 방금 전에 벌어진 한정유의 인터뷰 기사가 자세하게 쓰여 있는 게 보였다.

어머, 이 남자. 작정했나 봐.

내가 요조숙녀라고? 에이, 아무리 그래도 그렇지 요조숙녀란 말을 몇 번이나 한 거야.

눈이 빠지게 보고 또 봤다.

여기저기 한정유의 인터뷰가 나온 기사는 전부 검색해서 찾아봤다.

이번엔 확실하게 했네.

까불고 있어. 그러게 진즉에 고백했으면 얼마나 좋아.

꼭 이렇게 강제로 협박해야 대답을 해요.

기사를 보면서 자신도 모르게 바보처럼 웃었다.

'그 사람을 좋아하고 있습니다… 좋아하고 있습니다.'

오로지 그 말만 눈에 들어왔다.

"남자한테 강제로 고백받아서 좋니?"

"호호… 응, 좋아."

"체통을 지키세요. 누가 보면 바보라고 하겠어. 그동안 숱한 남자들이 좋다고 따라다녀도 눈 하나 꿈쩍 안 하더니……. 쯧쯧."

"네가 아직 임자를 못 만나서 그래. 원래 사랑에 빠지면 바보가 되는 거야."

NBC의 프로그램 '우리의 영웅'은 매주 각 길드의 헌터들을 초빙해서 그동안의 활동 내용을 듣고 국민들의 궁금증을 풀어주는 시사프로그램이었다.

시청률이 매번 25%에 달할 정도로 인기가 있기 때문에 NBC에서 애지중지하는 프로그램이었다.

어쩌면 당연한 일이다.

현재 사회는 수시로 발생하는 던전으로 인해 불안감이 고조된 상황이라 괴물들을 막는 헌터들의 인기가 하늘을 찌를 정도였으니 국민들의 관심이 뜨거웠다.

더군다나 히어로전이 벌어졌던 최근 한 달 동안은 시청률이 무려 40%를 넘나들었다.

전 국민의 관심을 끌었던 히어로전을 소개하면서 선수들의 장단점을 분석하는 특별방송을 편성했기 때문이다.

히어로전에서 한정유가 우승한 후 5개의 공영방송이 한정유의 출연을 성사시키기 위해 사활을 걸고 뛰었다.

공영방송들은 NBC와 비슷한 유형의 프로그램들을 가졌는데 누가 먼저 한정유를 섭외하는가를 두고 총력전을 펼쳤다.

그런 면에서 봤을 때 '우리의 영웅' 제작 PD 최천호는 행운아임이 틀림없었다.

히어로전이 끝나면서 각 방송국의 인맥이 총 동원되었고, NBC에서도 사장은 물론 각 본부장들이 미친 듯이 뛰어다녔지만 한정유를 최초로 섭외한 건 바로 그였다.

남정근으로 인해서였다.

평소 남정근과 긴밀한 관계를 맺어온 게 이런 결과를 만들어낼 줄은 꿈에도 생각하지 못했다.

남정근과는 한 달에 한 번 꼴로 술을 마시며 형, 아우 하는 사이로 친하게 지냈는데 그토록 애를 태우더니 어제 불쑥 한정유의 출연 소식을 알려왔던 것이다.

물론 히어로전이 끝나자마자 미친 듯이 매달렸다.

살려달라며 애원도 했고, 한정유만 출연시켜 준다면 앞으로 남은 인생 충성을 다하겠다고 맹세도 했다.

한정유가 도착할 시간이 되자 평소에는 얼굴 구경하기 힘들던 사장까지 직접 내려와 방송국 현관까지 마중 나왔다.

사장까지 버선발로 뛰어내려 왔으니 한정유가 난놈은 난놈이다.

"최 PD, 수고했어."

"아닙니다. 운이 좋았을 뿐입니다."

"허허… 이 사람아. 나를 비롯해서 본부장들이 백방으로 뛰어도 안 되는 걸 자네가 해치웠잖아. 오늘 방송만 잘 끝내. 내가 보너스 두둑하게 줄 테니까."

"사장님, 고맙습니다. 아, 저기 한정유 씨 차량이 들어오는 것 같습니다."

사장이 뜨자 본부장들까지 전부 내려왔기에 현관 앞에는 20여 명이 북적였다.

본부장들과 간부들은 사장이 자신을 애지중지하는 모습을 보며 부러움을 감추지 못했다.

조직 사회가 그렇다.

대빵한테 능력을 인정받는 건 출세가 보장되는 지름길이다.

저절로 올라가는 어깨.

죽여준다.

이런 행운이 온 건 그동안 세상을 착하게 살아서 그래. 그러니까 너무들 부러워하지 말라고.


한정유는 자신을 기다리던 사람들과 악수를 나눈 후 담당 PD의 안내를 받아 스튜디오로 향했다.

사장이란 사람이 활짝 웃으며 마치 애인처럼 끌어안는 바람에 하마터면 바닥에 내동댕이칠 뻔했다.

간단하게 프로그램의 취지와 질문 내용에 대한 설명을 들은 후 마이크를 가슴에 찼다.

미리 질문 내용을 받았기 때문에 특별한 것은 없었지만, 담당 PD는 똑같은 말을 반복하며 잘해달라고 통사정을 했다.


스튜디오에 들어서자 진행자인 이재석과 패널들, 그리고 방청석에 가득 들어찬 관객들이 보였다.

이재석은 텔레비전을 거의 보지 않는 자신도 알 만큼 MC계에서는 독보적인 인물이었다.


"와아!"


왜들 이래. 쑥스럽게.

그가 스튜디오에 들어서는 걸 본 관객들과 패널들이 전부 자리에서 일어나며 함성과 함께 박수를 쳤다.

가볍게 손을 들어주며 미소를 지어주었다. 좋다는데 이 정도 반응은 보여주는 건 예의 아니겠나.

말끔한 정장 차림.

남정근이 어제 텔레비전에 출연하는 걸 기념으로 사온 새 양복이었다.

한정유는 스튜디오에 앉으며 잠시 숨을 골랐다.

여자들의 환성이 끊임없이 지속되었기 때문이다.

언론에서 정경석을 누르고 자신이 여자들에게 데이트하고 싶은 상대 1위에 올랐다고 하더니 그 인기가 피부로 실감되었다.

이재석은 베테랑답게 매끄러운 진행 솜씨를 선보이며 프로그램을 이끌어 나갔다.

기본적인 호구조사를 시작으로 미리 준비되었던 히어로전의 시합 장면과 화제가 된 동영상까지 화면에 띄우고 그때의 상황에 대해서 질문했다.

사람이 어떻게 이럴 수 있지?

요소요소에 나오는 유머와 재치, 그리고 이어지는 우스꽝스러운 행동.

그러면서 순서에 맞춰 정확하게 진행하는 능력까지.

방청객들은 그의 진행에 동화되어 수시로 폭소를 터뜨렸는데, 녹화가 진행될 동안 스튜디오가 웃음꽃이 만발했다.

막상 직접 눈으로 보자 이재석은 생각했던 것보다 훨씬 대단한 MC였다.

더 재미있는 건 자신이 대답할 때마다 패널들과 방청객들이 과한 반응들을 보인다는 것이었다.

방청객들은 단순한 말 한마디에도 탄성을 질렀는데 보는 것만으로도 즐거워 죽겠다는 표정을 짓고 있었다.


"한정유 씨. 히어로전이 끝나고 모든 국민들이 내년 3월에 벌어지는 WHC에 많은 기대를 걸고 있습니다. 거기에 대해서 한 말씀해 주십시오."

"WHC는 세계 각국의 우승자가 출전하기 때문에 국내 대회보다 훨씬 수준이 높습니다. 하지만 저 역시 그에 못지않은 능력이 있다고 생각합니다. 남은 6개월 동안 준비를 잘해서 우승할 수 있도록 노력할 테니 기대해 주시기 바랍니다."

"이런 자신감을 보여주시니 정말 기대됩니다. 그동안 대한민국은 한 번도 8강에 들지 못해서 국민들이 한정유 씨에게 거는 기대가 정말 큽니다. 잘 준비해서 꼭 우승해 주셨으면 좋겠습니다."

"꼭 우승 트로피를 대한민국의 품으로 가져올 수 있도록 노력하겠습니다."


한정유의 자신 있는 대답에 또 한 번 관객들이 뒤집어졌다.

특히 패널로 참가한 걸 그룹 멤버들과 여자 탤런트들은 하트 눈을 만든 채 비명을 질렀기 때문에 카메라가 그녀들의 행동을 쫓아가느라 정신이 없었다.

그런 모습을 잠시 바라보던 이재석이 만족스러운 웃음을 흘려냈다.

당연히 어느 정도 미리 계획된 행동이었다.

패널들은 자신들의 모습이 카메라에 잡히는 걸 목적으로 과한 반응을 보이는 게 보통이었고, 특히 여자 패널들은 그런 쪽에 상당히 특화되어 있었다.

하지만 오늘의 이 반응은 확실히 다르다.

그녀들은 한정유가 처음 스튜디오에 출현했을 때부터 다른 날과 다른 반응을 보였는데 시간이 지날수록 점점 더 격하게 반응하고 있었다.

패널들과 관객들 쪽의 소란스러움이 멈췄을 때 이재석 특유의 능글맞은 멘트가 다시 쏟아져 나왔다.

"한정유 씨의 인기가 하늘을 찌르네요. 김가은 씨와 좋은 감정을 가지고 만난다는데도 헛물을 켜는 여자들이 많군요. 쯧쯧… 남자인 제가 봤을 때 참 안타까운 모습들입니다. 이런 걸 보고 떡 줄 사람은 생각도 안 하는데 김칫국부터 마신다죠?"

이재석의 멘트에 패널들과 방청석 쪽에서 야유가 흘러나왔다.

여자들의 목소리가 대부분이었는데 야유 소리가 마치 여우 울음소리처럼 들렸다.

그 모습을 보며 한정유가 근사하게 웃었다.

세상을 떠들썩하게 만든 김가은과의 스캔들이 터진 후에도 이 정도로 인기가 있는 건 전부 내가 남자로서 매력이 철철 넘치기 때문이다.

"하하하. 여자분들의 이런 반응은 아마 못 먹는 감 찔러나 보자는 질투심일 겁니다. 그렇죠? 그렇다는군요."

혼자서 북 치고 장구 치고 다 한다.
방청객과 패널 쪽에서 또다시 야유가 나왔지만 이재석은 만면에 웃음을 흘리며 한정유 쪽으로 고개를 돌렸다.
카메라 뒤쪽에 서 있던 담당 PD가 팔로 원을 크게 그리며 방송을 끝내라는 사인을 보내고 있었다.

"자, 아쉽지만 어느덧 프로그램을 마칠 시간이 되었습니다. 오늘은 대한민국의 히어로 한정유 선수를 모시고 히어로전의 뒷이야기와 앞으로의 포부를 듣는 시간을 가졌습니다. 한정유 선수, 출연해 주셔서 정말 감사드립니다. 마지막으로 국민 여러분께 하실 말씀이 있으면 해주시죠."

미리 부탁한 거다.
프로그램 끝부분에 한마디 하게 해달라고 부탁했더니 이재석은 정확하게 그 사실을 기억하고 기회를 줬다.
자세를 바로잡았다.
이제 자신이 이곳에 온 이유를 말할 차례였다.

"저는 태풍OR의 대표로 히어로전에 출전해서 우승을 차지했습니다. 국민 여러분께서 알고 계신 것과 다르게 저희 태풍OR에는 뛰어난 능력을 지닌 헌터들이 대거 포진하고 있습니다. 어떤 길드와 견주어도 손색이 없을 정도로 태풍OR이 지닌 힘은 막강하다는 걸 이 자리에서 분명히 알려드리고자 합니다. 요즘 들어 던전의 출현 횟수가 점점 많아지고 있습니다. 더군다나 괴물들의 힘이 점점 더 강해져 국민들의 불안감이 커지고 있는 중입니다. 따라서 저희 태풍OR은 국민들의 안전을 지키겠다는 일념으로 길드 신청을 한 상태입니다. 아직 길드협회의 승인이 나지 않았지만 태풍 길드로 격상되는 순간, 저를 비롯해서 소속 헌터들은 국민들의 안전을 위해 최선을 다할 생각입니다. 그러니 국민 여러분께서 저희 태풍OR이 하루빨리 길드로 격상될 수 있도록 도와주시기 바랍니다."

여론전.

맞다, 여론전이다.

길드협회에 신청을 한 지 한 달이 다 되도록 향후 진행 일정조차 잡히지 않고 있었다.

말로는 히어로전이 그 기간 동안 벌어졌기에 정신이 없었다는 핑계를 댔지만 분명 다른 이유가 있다는 걸 안다.

신생 길드의 출범은 길드협회의 사전 검토를 거쳐 자격 조건이 모두 충족되었을 때 최종적으로 길드 회장단의 승인으로 결정 난다.

그 중간에 걸린 것들도 수없이 많다.

1, 2차 승인위원회를 거쳐야 했고, 최종 길드 회장단까지 올라가기 위해서는 길드협의체의 재구성과 OR과의 연계 체계 등 검토할 일이 한두 가지가 아니었다.

하지만, 길드협회는 아직 최초 단계인 서류 검토조차 하지 않고 한 달이란 시간을 흘려보냈으니 이대로라면 상당한 시간이 필요할 것이다.

그리고 그 결과는 승인 불가일 가능성이 농후했다.


그랬기에 한정유는 히어로전이 끝나고 이틀이 지난 후부터 5개의 공영방송과 7개의 종편방송에 출연해서 태풍OR의 길드 격상 타당성을 주구장창 떠들었다.

처음에는 국민들에 대한 호소였으나 점점 길드협회에 대한 압박 수위를 높여갔다.

던전이 열려 사람들의 안전이 위협받는 세상에서 능력 있는 신생 길드의 설립이 기존 길드의 이익에 위배된다는 이유로 무산되면 안 된다는 주장이었다.


국민들의 반응은 뜨거웠다.

지금 현재 대한민국의 아이콘은 한정유였고, 폭발적인 인기를 얻고 있기에 그의 발언이 지속될수록 여론은 점점 태풍OR이 길드로 승격되어야 한다는 쪽으로 강하게 기울어져 갔다.


*     *     *

푸른 기와로 치장된 궁전, 청와대.

한정유가 이곳에 온 것은 공식 행사에 초대되었기 때문이다.

대통령 주관으로 히어로전에 우승한 한정유를 초대해서 만찬을 갖는 행사였다.

한정유는 정신없이 카메라 셔터를 눌러대는 기자들의 숲에서 대통령을 비롯한 참모진과 함께 점심을 먹었다.

밥이 눈으로 들어가는지 코로 들어가는지 모를 지경이다.

생각해 봐.

새까맣게 둘러싼 사람들 틈에서 밥을 먹는 게 오죽하겠어.

그럼에도 한정유는 대통령의 질문에 대답하며 기자들을 위해 멋진 그림을 만들어주었다.

어차피 속일 거라면 확실하게 속일 필요가 있었다.

얼마나 시간이 지났을까.

밥 먹는 동안 그토록 난리치던 기자들이 경호원의 안내를 받으며 물밀 듯이 빠져나갔다.

이제 남은 인원은 대통령과 한정유, 그리고 비서실장뿐이었다.

참모들은 식사가 끝나자 기자들과 함께 자리를 떴는데 사전에 약속된 행동으로 보였다.

사람들이 모두 떠나자 대통령의 시선이 차분하게 가라앉았다.

"실장님, 잠깐만 자리를 비워주세요."

"알겠습니다."

비서실장마저 일어섰다.

대통령은 최측근마저 자리를 피하게 만들었는데 뭔가에 쫓기는 모습이었다.

"부끄러운 일이지만 청와대 전체가 도청 장치 천지에요. 그래서 나에겐 이곳이 제일 편안한 곳이라오."

"무슨 말씀인지 알겠습니다."

"시간이 별로 없습니다. 내가 빨리 일어서지 않으면 그자들이 의심하게 될 거요."

도대체 얼마나 위협을 받고 지냈으면 일국의 대통령이 이토록 서두르는 걸까.

그것도 밥그릇이 잔뜩 쌓여 있는 식탁에서 초조한 눈빛으로.

참 불쌍하다.

힘없는 군주가 신하들에게 휘둘렸던 역사의 한 단면을 보는 것 같아 기분이 좋지 않았다.

"지금 청와대에서 대통령님의 사람이 누가 있습니까?"

"비서실장이 유일하다고 보면 됩니다. 저 사람만큼은 길드의 반대를 무릅쓰고 끝끝내 내가 임명했으니까요."

"그럼 경호실장을 비롯해서 나머지 수석들은 전부 길드에서 보낸 자들이군요."

"그렇소."

"힘드시겠군요. 하지만 이젠 안심하십시오. 제가 대통령님을
옆에서 보좌할 경호팀을 보내드리겠습니다."

"길드 쪽에서 가만있지 않을 텐데 괜찮겠소? 자칫 잘못했다가
는 다치게 될 겁니다."

"절대 그런 일은 생기지 않을 테니 안심하십시오. 제가 보낸
사람들이 기존의 경호팀을 제거할 겁니다. 그러면 대통령님은
공식적으로 제가 보낸 사람을 경호실장에 임명하십시오."

"그 사람이 누굽니까?"

"안정이 될 때까지 대통령님을 경호할 사람은 현 천왕회주, 문
호량이란 사람입니다."

$$*\qquad*\qquad*$$

"독대를 했다고?"

"예, 회장님."

"대통령이 죽으려고 환장한 모양이군."

"만찬이 끝나고 식당에서 약 5분 정도 같이 있었답니다. 아무
래도 도청을 피하기 위해서 그런 것 같습니다."

"자네 생각엔 어떤 이야기가 오고 갔을 거라 생각하나?"

"썩을 줄이라도 잡고 싶겠지요. 대통령은 태풍OR의 힘을 빌릴
생각인 것 같습니다. 거기에 히어로전에 우승한 한정유까지 있
으니 괜찮겠다 생각했을 겁니다."

"바보 같은 생각이야. 스스로 명줄이 끊어지는 걸 재촉하는 짓이다."

길드협회장 강신쾌가 하얀 웃음을 흘려냈다.

가소롭다는 표정.

그까짓 태풍OR의 힘으로 길드 연합을 견제할 수 있다고 판단했다는 게 더없이 우스웠다.

"아마 대통령은 태풍OR의 뒤에 천왕회가 있다는 걸 알고 있을 겁니다."

"천왕회가 있어도 마찬가지야. 그놈들은 그림자로 남아 있을 때 위협적이지, 모습을 드러내는 순간 아무것도 아니다."

"회장님, 정말로 대통령이 움직이면 어쩌실 생각이십니까?"

"움직이지도 못해. 만약 움직인다면 사지를 잘라놔야지."

"협회의 힘만으로는 어려울 수도 있습니다. 태풍OR에 올라온 놈들의 면면이 예사롭지 않습니다."

"이미 길드회장단과 조율을 하고 있는 중이니까 걱정하지 마."

"중추령이 소집될 수도 있다는 말씀이군요."

강신쾌의 대답에 기획본부장이 놀란 눈을 만들었다.

중추령은 길드의 존재를 위협하는 자들을 제거하기 위해 전투부대를 소집하는 것으로서 지금까지 3번 발동되었다.

중추령이 소집되면 각 길드에서는 사안에 따라 적정한 병력을 파견하는데, 밤 세계를 장악하고 있는 일도회를 치기 위해 7년 전 소집된 것이 마지막이었다.

그랬기에 그의 놀람은 쉽게 가라앉지 않았다.

자신 역시 길드를 위해 일하는 몸이었으나 대통령과 태풍OR를 제거할 거란 생각까지는 하지 못했다.

길드가 지배하는 세상.

길드는 이 세상의 기득권을 유지하기 위해 어떤 짓이라도 할 수 있다는 걸 잠시 잊고 있었다.


"여론은 어떤가?"

"한정유가 설치는 바람에 여론은 태풍OR의 길드 승격을 당연시하고 있습니다. 하지만 세상일은 여론이 원한다고 되는 건 아니지요."

"조치는?"

"일단 파도가 잠잠해질 때까지 기다렸다가 승인 불가 통보를 내릴 생각입니다."

"대통령을 잘 감시해. 다시는 그런 상황이 발생하지 못하도록 하란 말이야. 경호실장, 그놈에게도 경고를 보내. 중추령이 발동되는 상황까지 가면 일이 복잡해져. 대통령이 아에 다른 마음을 갖지 못하도록 철저하게 통제하라고 전해!"

"알겠습니다."

"그리고 미호는 어떻게 하고 있지?"

"따라붙었지만 아직 접근하지 못하고 있습니다. 그러나 조치를 하겠다고 했으니 곧 소식이 올 겁니다."

"서두르라고 해."

"만약 그자가 천왕회주가 맞다면 어쩌실 생각이십니까?"

"지금은 그냥 지켜 봐. 모든 일은 때가 있는 법이다. 결정적인 순간이 오면 그때 제거해도 늦지 않아."

*　　　*　　　*

유명인이 된다는 건 행동에 제약이 많아진다.

사람들이 그냥두지 않기 때문이다.

관심과 사랑을 받는다는 건 좋은 일이나 그 정도가 지나치면 괴로움으로 변한다.

스타급 연예인들이 얼굴에 마스크를 쓰고 모자를 푹 눌러쓴 채 돌아다니는 것도 다 그런 이유가 있기 때문이다.

오랜만의 데이트.

그동안 방송에 출현하느라 정신이 없었기 때문에 김가은을 만나지 못하다가 히어로전이 끝난 후 보름이 지나서야 데이트 약속을 잡을 수 있었다.

한정유는 마스크도, 모자도 쓰지 않은 채 얼굴을 고스란히 드러내고 약속 장소로 향했다.

사람들이 멈춰 서서 비명을 지르며 이름을 연호했지만 무심한 얼굴로 가볍게 손만 들어준 후 걸음을 옮겨 나갔다.

마음만 바꿔먹으면 얼굴을 가릴 이유가 없다.

그러나 왜 내 얼굴을 가리고 다닌단 말인가. 범죄자도 아닌데.

그동안 연예인들이 별짓을 다 하며 얼굴을 가리기 위해 애쓰는 걸 보며 쓴웃음을 지었다.

그럴 거면 사람들 앞에 아예 나서지 말았어야지.


김가은이 정한 약속 장소는 '돌체'라는 고급 이탈리아 레스토랑이었다.

연예인이 자주 가는 레스토랑이라 다른 곳과 다르게 편히 이야기를 나눌 수 있는 곳이라 들었다.

하지만 한정유가 들어서자 손님을 안내하던 매니저의 안색이 단박에 허옇게 변했다.

유명인이라 해서 같은 유명인이 아니다.

한정유는 현재 대한민국에서 가장 뜨거운 인기를 지니고 있는 히어로였으니 그의 안색이 변하는 건 당연한 일이었다.


"뵙게 되어 영광입니다."

"예약이 되어 있을 텐데요?"

"김가은 씨 말씀이시죠?"

"그렇습니다."

"이쪽입니다."


매니저의 안내를 받아 룸으로 들어서자 하얀 벽에 걸려 있는 그림이 보였다.

중년의 남자가 파이프를 입에 문 채 담배 연기를 멋지게 뿜어내고 있는 그림이었다.


"김가은 씨가 예약해서 혹시나 했지만 한정유 씨가 정말로 오
셨군요. 제 딸아이가 한정유 씨의 팬입니다. 제 딸에게 한정유
씨의 사인을 선물하고 싶은데 가능하실지……?"
"주십시오. 해드리죠."


그게 뭐 별일이라고.
황송한 자세로 종이와 펜을 내미는 지배인에게 멋지게 사인을
해주자 마치 백지수표를 받은 것처럼 기뻐하며 껑충껑충 뛰었
다.


지배인이 나가고 나서 한참이 지난 후에 문이 열리며 여신이
나타났다.
언제 봐도 아름답다.
김가은은 청바지와 블라우스를 입었는데 더없이 단아한 모습
이었다.


"조금 늦었죠?"
"5분밖에 안 늦었습니다. 양호하네요. 난 5시간이라도 기다릴
의향이 있었거든요."
"피이, 거짓말!"
"하하… 더 예뻐졌네요. 사랑을 시작해서 그런가?"
"누가 사랑을 시작했는데요?"

"가은 씨가."

"누구랑?"

"눈앞에 있는 사람하고."

"처음 듣는 소리네요. 설마 신문에서 떠든 걸 믿는 건 아니죠?"

"그게… 무슨. 아니란 말입니까?"

"아닌데요."

"에이… 이거 왜 이러세요. 난 가은 씨 신문 인터뷰 때문에 좋아한다고 이실직고까지 했는데. 이렇게 나오시면 곤란하죠."

"그리고 보면 정유 씨는 참 바보 같아요. 어쩜 그렇게 여자 마음을 몰라요?"

"내가요?"

"남자가 말이야. 용기도 없고, 눈치도 없고. 언론에다 그렇게 말하면 내가 얼씨구 좋다 하면서 고마워할 줄 알았어요?"


아, 이게 또 뭔 소릴까.

먼저 그렇게 해놓고 이제 와서 또 딴소리를 하는 건 뭐야.

알아듣게 말해줘. 나 머리 아프다고!


"그럼 어떻게 해야 됩니까?"

"직접 말하세요. 언론에다 말한 거 말고, 내 앞에서 직접. 그래야 사귈 건지 말 건지 대답할 거 아니에요!"


그런 거야?

뭐가 이렇게 복잡해. 하여간 여자들은 뇌 구조가 남자들과 확실히 다르다.

그럼에도 자신을 바라보며 생글생글 웃고 있는 김가은의 얼굴을 보자 만지고 싶다는 생각이 들었다.

"그럼 남자답게 다시……. 가은 씨, 난 가은 씨가 좋습니다. 우리 사귑시다."

"호호, 좋아요."

김가은이 박수 치는 장면을 보면서 한정유가 입맛을 다셨다.

무지하게 좋아한다.

아직도 여자의 머리 구조를 이해하기 힘들지만, 지금의 행동이 김가은을 만족시킨 건 분명했다.

밥을 먹으며 그동안 못 나눴던 이야기꽃을 피웠다.

히어로전의 후속담과 방송국에 출연한 이야기들이 대부분이었고 그녀와의 관계로 인해 언론에 시달렸던 것까지 한시도 이야기가 멈추지 않았다.

즐거웠다.

좋아하는 여자와 오손도손 이야기를 나누며 밥을 먹는 건 정말 오랜만에 느끼는 즐거움이었다.

"그런데 가은 씨, 나랑 약속한 건 결정했나요?"

"뭘요?"

"태풍OR에 오는 거. 설마 그새 잊은 건 아니죠?"

"그럴 리가요."

"그럼?"

"갈게요. 남자 친구가 오라는데 안 갈 재주가 있나요. 난 보기보다 무척 순종적인 여자거든요."

김가은이 말을 해놓고 부끄러운 듯 시선을 내리깔았다.

그 모습이 너무나 아름다워 가슴이 쿵쾅거렸다.

그랬기에 한정유는 슬며시 그녀의 손을 잡았다.

*          *          *

문호량은 청와대가 멀리 보이는 곳에 서서 담배 연기를 길게 내리 뿜었다.

어둠이 내리기 시작한 청와대는 밝은 빛을 뿜어내고 있었는데 요소요소에 경비 병력이 진을 치고 있는 게 보였다.

"대원들은 자리를 잡았나?"

"예, 회장님. 신호를 보내면 바로 진입할 겁니다."

"7시지?"

"경호원들 교대 시간이라 그 시간으로 잡았습니다. 그런데 회장님, 놈들의 반항이 심할 텐데 어디까지 할까요?"

"팔다리까지는 부러뜨려도 괜찮아."

"알겠습니다."

"자네는 대원들 이끌고 시간에 맞춰 들어와. 난 먼저 가서 대통령의 신변부터 확인해 놓을 테니까."

문호량이 담배를 튕겨 불을 껐다.

그런 후 옆에 있던 비천대장 유광철을 향해 지시를 내린 후 곧장 어둠 속으로 몸을 날렸다.

현재 시간 6시 50분.

청와대 접수 작전까지 남은 시간은 고작 10분에 불과했다.

문호량은 춘추관을 가로질러 곧장 대통령 관저로 향했다.

사전에 대통령의 일정을 상세하게 파악하고 도상 훈련까지 했기 때문에 그의 행동에는 주저함이 없었다.

작전을 수행하면서 그 누구에게도 말하지 않았다.

심지어 당사자인 대통령도 오늘이 디데이라는 걸 알지 못할 만큼 극비리에 진행시킨 작전이다.

관저에 도착하자마자 현관을 지키는 두 명의 경호원을 향해 날아갔다.

뒤늦게 경호원들이 반응을 보였으나 문호량은 순식간에 그들을 제압한 후 계단 쪽으로 파고들었다.

침입자들을 확인한 계단 쪽 경호원들이 총을 꺼내 드는 게 보였다.

파악!

눈으로 확인할 수 없는 속도.

총을 꺼냈지만 발사조차 하지 못했다.

허공을 격하고 날아간 문호량이 검을 꺼내지 않은 채 검집으로 사내들의 혈도를 단박에 제압해 버렸던 것이다.

2층으로 올라간 문호량은 속도를 늦추지 않은 채 대통령이 머무는 본채로 다가갔다.

문을 열고 들어가자 와이셔츠 차림의 대통령이 누군가와 대화를 나누고 있는 게 보였다.

바로 경호실장 황규영이었다.

상황 끝내주시고.

문호량이 들어서자 경호실장 황규영이 어이없는 표정을 짓다가 천천히 몸을 바로하며 자세를 갖췄다.

"누구시오?"

"새로 온 경호실장."

"재미있는 말씀을 하시는군. 여긴 어떻게 들어오셨나. 밖에 경호원들이 있었을 텐데?"

"걸어서."

문호량이 뚜벅뚜벅 걸었다.

마치 이렇게 들어왔다는 걸 증명이라도 하듯.

그런 후 대통령의 곁에 다가와 고개를 숙였다.

"대통령님, 제가 문호량입니다. 앞으로 대통령님의 그림자가
될 사람입니다."

"사람을 놀래키는 재주가 있군요. 그렇지 않아도 이제나저제
나 기다리고 있었습니다."

"저 친구가 곱게 갈 것 같지 않군요. 제가 잠시 실례를 해야
될 것 같습니다."

"피를 볼 생각이오?"

"최대한 피가 흐르지 않게 하겠습니다."

다시 한번 고개를 정중하게 숙였다가 들었다.

그런 후 황규영 쪽을 향해 돌아섰다.

"이봐, 황규영. 어쩔 테냐. 그냥 돌아간다면 다치지 않을 수도
있어. 대통령님이 피를 보고 싶어 하지 않는 것 같으니까 그냥
가는 게 어때?"

"크크크……. 한통속이란 말이군. 올 곳은 뻔하고. 네가 태풍
OR에서 온 놈이냐?"

"칭찬할 만해. 식당에서 잠깐 만났다는데 그 사이에 멋지게 추
리를 했구만. 하긴, 그럴 만도 하지. 원래 가진 놈들이 잔대가리
가 잘 돌아가는 법이라."

"혼자야?"

"응, 싱글이야."

"그럼 일단 너를 죽이고 대통령을 끌고 가야겠구나. 감히 길드의 힘을 등에 업고 대통령이 된 주제에 감히 딴 마음을 품어? 그러고도 살기를 바랐나?"

황규영이 문호량에게서 눈을 돌려 새파란 시선으로 대통령을 노려봤다.

그 시선에서 나온 것은 주인을 따르지 않는 애완견을 바라보는 것처럼 차디찬 경멸이 담겨 있었다.

폭풍처럼 피어오르는 기세.

두 발자국 뒤로 물러난 황규영이 천천히 검을 뽑아 들었다.

경호실장이란 직책이 어울릴 만큼 무겁고 장중한 기운이 올올히 새어 나오며 단박에 대통령 관저의 공기를 팽팽하게 응축시켰다.

하지만 문호량은 그 모습을 봤음에도 검조차 꺼내지 않았다.

"가소로운 놈. 네가 그동안 대통령님을 어떻게 대했는지 그 한마디로 충분히 알겠다. 대통령님, 피는 보지 않겠습니다. 대신 이놈은 두들겨 패야 정신을 차릴 것 같습니다."

허락을 기다리지 않았다.

황규영이 말하는 순간 기습적으로 검을 날아왔기 때문이다.

팽이처럼 회전하며 공격을 흘려 버린 문호량의 몸이 우측으로 빠졌다가 왼발을 축으로 돌았다.

그런 후 재차 공격을 해오는 황규영의 품으로 와락 뛰어들었다.

교묘한 수법.

눈 깜박할 사이에 생성된 새파란 검기가 전신을 유린할 것처럼 다가왔으나 문호량의 몸은 환영처럼 검기의 틈을 비집고 황규영의 전면 방어를 무력화시켰다.

파바박, 퍽. 퍽. 퍼버벅.

골든헌터 중에서도 상위로 분류될 만큼 뛰어난 실력을 지닌 황규영의 전신에 수십 방의 슬격이 무차별적으로 터졌다.

보이지도 않을 정도의 속도.

팔꿈치를 이용한 슬격은 양쪽 옆구리와 가슴, 어깨, 목과 머리를 동시에 타격했는데 얼마나 빨랐던지 황규영은 쓰러지지도 못한 채 10m나 밀려난 후에야 바닥에 길게 쓰러졌다.

제26장

중추령

"뭐라. 청와대가 당했어?"

"예, 회장님. 길드협회에서 파견한 경호 요원들이 습격을 당해 전부 제거되었고 대통령은 기다렸다는 듯 긴급 기자회견을 열어 새로운 경호실장을 임명했습니다."

"어떤 놈이냐?"

"보시면 아실 겁니다."

기획본부장이 핸드폰을 꺼내 포털 사이트를 열어 사진을 보여줬다.

그가 내민 핸드폰에는 이례적으로 경호실장 교체에 대한 속보가 올라와 있었는데, 눈에 익은 인물이 대통령의 옆에 서 있는 게 보였다.

바로, 강남 돔에서 한정유 옆에 있던 자. 미호에게 추적 지시를 내린 바로 그자였다.


"이자의 이름은 문호량입니다. 황규영의 말에 따르면 1초도 견디지 못했다고 합니다."

"황규영은 어디 있나?"

"병원으로 후송되어 있습니다. 안면이 탈구되었고 갈비뼈와 양쪽 어깨가 골절된 상탭니다."

"1초에 박살 냈다면 절정의 무력을 지녔다는 뜻이군."

"제 생각에도 그렇습니다. 그자는 아무래도 천왕회의 최고위층이라는 판단이 듭니다."

"천왕회주거나?"

"그럴 가능성도 배제할 수 없습니다. 하지만 이렇게 직접 정체를 밝힌 걸 보면 아닐 가능성도 큽니다."

"그놈이 설혹 천왕회주라도 상관없어. 중요한 것은 기어코 대통령이 제 무덤을 팠다는 것이지. 대통령이 경호실장을 교체했다는 것은 길드연합의 영향권에서 벗어나겠다는 뜻이다. 그게 무얼 의미하는지 알지?"

"예, 회장님."

"각 길드에 전통을 때려. 지금쯤 그들도 소식을 듣고 꽤 놀랐을 거야. 일이 점점 재미있어지는군. 난세는 영웅을 만든다고 하지. 중추령이 발동되면 길드협회는 명실상부하게 강력한 힘을 갖게 된다. 나는 이 기회를 이용해서 세력을 확장해야겠다."

"쉽지 않은 일입니다. 길드들이 병력을 파견하면서 그냥 보낼

리 없으니까요."

"병력이 내 옆에 있다는 것 자체가 중요해. 그들을 길드협회에 묶는 방법은 수도 없이 많다. 기획본부장, 안 그래?"


길드협회장 강신쾌의 질문에 기획본부장의 얼굴이 슬며시 굳어졌다.

무서운 소리다.

지금 회장은 중추령 발동이 되었을 때 길드에서 파견된 병력을 흡수하겠다는 생각을 하고 있는 것이다.

만약 이 사실을 길드에서 알게 된다면 내분이 먼저 일어나게 된다.

그럼에도 기획본부장은 천천히 고개를 끄덕이며 결연한 표정을 지었다.

전혀 불가능한 일이 아니다.

현재 길드에 소속된 자들은 유형별로 이합집산을 시작하는 중이니 길드협회가 보유하고 있는 막대한 자본을 투입한다면 상당수의 병력을 포섭할 수 있을 거란 판단이 들었다.

돈은 귀신도 부린다고 하지 않았던가.


\*　　　　　\*　　　　　\*


정치와 경제는 밖으로 나타난 것보다 훨씬 복잡하고 무섭게 돌아간다.

단지 일반 국민들은 그런 사실들을 모를 뿐.

하지만 아는 사람들도 많다.

특히 경제인들은 정치의 변화에 누구보다 민감하기 때문에 대통령의 경호실장 교체 사실에 촉각을 곤두세웠다.

사성전자의 이기명과 은대자동차의 정주석은 대한민국을 이끌어 나가는 실물경제의 주인들이었다.

둘은 S대 경영학과에서 동문수학한 사이였고, 죽이 잘 맞아 50살이 훌쩍 넘은 지금까지 우정을 이어오고 있었다.

오늘 이 자리는 정주석이 마련했고 이기명은 기다렸다는 듯 자리를 함께했다.

대한민국을 이끌어 나가는 경제의 주축으로서 작금의 사태에 대한 정리가 급했기 때문이다.

재계는 쌍두마차인 그들이 의견을 통일하면 자연스럽게 따라올 것이다.

"이 회장, 대통령이 왜 저런 짓을 벌였다고 생각해?"

"해볼 만하다고 생각했겠지."

"가능할까?"

"대통령을 보고 허수아비라 말하지만 그는 엄연히 국민들의 지지를 받아 청와대를 차지한 사람이야. 그만한 모험을 할 때는 목숨을 걸었다고 봐야 해. 그리고 그는 바보가 아니야."

"사람은 누울 자리를 보고 다리를 뻗어. 그동안 숨만 쉬고 있던 대통령이 저렇게 나왔을 땐 누울 자리가 생겼다는 뜻일 거야. 그렇지?"

"당연하지 않겠어."

"누굴까?"

"그게… 고민이야. 너무나 많은 가능성이 열려 있기 때문에 함부로 추측하기 곤란해."

"가능성이 많다고?"

"3일 전, 일본의 최대 길드 '쇼군'의 상임고문 기무라가 한국에 들어와서 호텔 파라다이스에 머물고 있어. 알지?"

"설마?"

"말했잖아. 가능성은 전부 열려 있다고."

"아무리 그래도 대통령이 일본과 손을 잡았겠나. 우리 국민들의 반일 감정을 잘 알면서?"

"자네도 알다시피 대통령은 식물인간이나 다름없었어. 생각해 봐. 자네나 나나 그런 상황이었다면 어쩌겠나. 일본이 아니라 일본 할애비라도 잡고 싶지 않겠어?"

"재미있는 말이군. 다른 가능성은?"

"지금 길드들은 이합집산을 시작했어. 무림 쪽에서도 세력이 갈리는 중이고, 마법 계열과 초능력 계열도 자신만의 영역을 구축하는 중이지. 그중 하나와 손을 잡았다면?"

"그건 너무 파괴력이 크군. 가능성도 그에 못지않게 크고. 하지만 길드들이 연합을 꼈을까. 그리되면 춘추전국시대처럼 피가 난무할 텐데?"

"길드를 이끄는 자들의 근본을 생각해 봐. 전부 칼을 들고 설치는 미친놈들뿐이야. 그자들은 그런 생각을 하고도 남아."

"다른 가능성은?"

"물론 다른 것도 있지. 하지만, 먼저 말해. 내가 알고 있는 것만 자꾸 빼먹지 말고."

이기명이 허리를 뒤로 물리며 여유 있게 술을 마셨다.

그런 후 정주석을 빤히 쳐다보며 패를 까라는 듯 시선을 보냈다.

피식.

정주석의 얼굴에 떠오른 미소.

이래서 좋다.

재계 수위를 다투며 오랜 세월 경쟁자로 지냈지만 이렇게 만날 때마다 즐거운 건 이기명의 지식과 정보, 노련함이 자신과 상대할 만큼 뛰어나기 때문이다.

"우리 기획실 정보팀에서 히어로전 결승이 벌어지는 날, 대통령이 한정유를 독대했다는 전갈을 가져왔어. 그리고 보름 후, 그러니까 지금부터 3일 전에 한정유를 청와대로 불러 만찬을 가졌지."

"그래서?"

"자넨 태풍OR의 길드 신청에 대해서 어떻게 생각해?"

"음……."

저번에 만났을 때 나눈 이야기다.

태풍OR.

제대로 된 헌터조차 없었던 OR이 어떻게 단시간 만에 길드 신청을 할 수 있단 말인가.

그럼에도 길드협회에 서류를 제출했다는 건 자격 요건을 갖추었단 뜻이기에 그 소식을 들은 후 깜짝 놀랐다.


"그것 때문에 많은 시간 추적을 해봤어. 변변한 각성자조차 없던 태풍OR에 그런 헌터들이 갑자기 나타난 이유에 대해서 말이야."

"빨리 말해. 답답하니까."

"길드를 제외하고 강력한 세력을 지닌 자들을 단 둘밖에 없다. 천왕회와 사도련. 알지?"

"이런 젠장."


정주석의 입에서 천왕회와 사도련이란 말이 나오자 안색이 허옇게 변했다.

금방 말귀를 알아들었기 때문이다.

그랬기에 그는 눈을 치켜뜨고 긴장감을 숨기지 못했다.


"천왕회일 가능성이 크겠구나."

"빙고. 아무리 분석해도 사도련은 아니야. 그놈들은 절대 밝은 세상으로 나올 놈들이 아니거든. 그러나 천왕회는 다르지. 일도회가 전부 수중에 있고 천왕회 자체도 막강한 힘을 지녔어. 7년 전 길드연합이 중추령을 발동했다가 박살이 난 거 봤잖아."

"그런 자들이 갑자기 왜?"

"나는 한정유가 그 중심에 있다고 생각해. 자네도 봤다시피 한정유는 히어로전을 단숨에 말아먹을 정도의 실력을 지녔어. 누군가 그러더군. 길드의 회장들도 그놈을 쉽게 이기지 못할 거라고. 더군다나 한정유가 대통령과 만난 후 이런 일이 벌어졌어. 이상하지 않아?"

"그럼 한정유가 천왕회와 밀접한 관계를 가지고 있다?"

"빙고."

정주석이 빙긋 웃었다.

하지만 그의 시선은 차갑게 빛나고 있었는데 현재 벌어지고 있는 상황이 그들에겐 더없이 중요하기 때문이었다.

"어쩔 셈이야?"

"난, 길드가 원하는 대로 들어줄 생각이다. 돈을 달라면 돈을 줄 것이고, 충성을 맹세하라면 그렇게 할 거야."

"그냥 지금까지 해온 것처럼 길드 편에 서서 편하게 먹고사시겠다?"

"내가 그럴 거라 생각해?"

"도대체 본심이 뭐야?"

"길드 놈들한테 빌붙어 살면서 갖은 모멸감을 느꼈다. 대그룹의 회장이 기껏 칼을 든 놈들한테 고개를 숙이며 살아왔어. 난 지금의 이런 패배감을 간직하며 계속 살고 싶지 않아."

"그래서?"

"알잖아. 우리가 제일 잘하는 걸 해야지."

"결국, 양쪽 손을 다 잡겠다는 뜻이군."

"일단 살아야 하니까. 하지만 난 대통령이 이기길 바라. 길드 놈들의 영향력을 제거하고 예전처럼 마음대로 사는 게 내 꿈이다."

"어리석은 생각을 하는구나. 정 회장, 너는 잘못된 판단을 하고 있어. 각성자들은 우리 같은 인간들이 어쩔 수 없는 놈들이다. 대통령이 어떤 세력과 손을 잡았든 결과는 반복될 거야."

"안다. 그래도 내 마음이 그런 걸 어쩌겠나. 평범한 인간의 주도 아래 세상이 바뀐다면 그걸 응원해야 되지 않을까. 판을 짜는 놈이 누구든, 판이 뒤집어지면 예상과 다르게 새로운 세상이 올 수도 있잖아. 안 그래?"

*　　　　*　　　　*

각성자가 세상에 나타난 후 그들은 초인으로 불렸다.

보통 인간들의 상식을 무너뜨리는 존재들.

그런 존재들을 인간의 법으로 어찌 감당할 수 있겠는가.

초창기엔 인간의 법으로 그들을 구속하려 했지만 국가의 안위까지 걱정해야 되는 상황이 벌어지자 정부는 결국 각성자들을 법의 테두리에서 제외시킬 수밖에 없었다.

수많은 경찰 병력이 생명을 잃었고, 심지어 동원되었던 군대까지 그들을 어쩌지 못한다는 사실을 알게 된 후 정부는 각성자 특별법을 만들어 각성자들의 처리를 길드협회에 일임할 수밖에 없었다.

그러나, 그것은 국가를 통째로 넘기는 것과 다름없는 짓이었다.

어쩔 수 없는 선택임에도 세월이 지나면서 국가의 정치, 경제, 사회, 문화가 전부 길드의 손에 들어가고 말았다.

수시로 던전이 발생하며 국민들의 생명이 위협받고 있는 상황에서 길드의 존재는 무소불위의 권력과 치외법권의 영역을 구축했다.

수많은 사람들이 길드에 대항했으나 속절없이 쓸쓸한 죽음을 맞이했다.

공공연한 처형이 벌어졌고, 수많은 비밀 속에서 셀 수 없는 생명들이 이슬이 되어 사라져 갔다.

사람들은 대항할 생각조차 할 수 없었다.

그들은 초인이었으니까.


대통령은 경호실장을 임명한 후 빠르게 비서실을 개편하기 시작했다.

정무수석을 비롯해서 경제, 안보 등 일사천리로 자신의 측근들을 채웠다.

길드 소속 경호실의 감시가 사라졌고 문호량을 주축으로 50여 명의 각성자들이 청와대를 완벽하게 방어했기 때문에 대통령은 그동안 숨겨왔던 발톱을 마음껏 드러냈다.

하지만, 길드의 움직임도 그에 못지않게 신속히 움직였다.

경호실장이 교체된 후 자신들이 심어놓은 비서진까지 교체되자 그들은 즉시 길드회장단 회의를 개최했던 것이다.

"나다."

"어디냐?"

"회사. 상황은 어때?"

"이제 보니 대통령이 꽤 대단하네. 곧 내각을 개편하겠다고 언론에 공표 준비 중이야."

"괜찮겠어?"

"안 괜찮지. 길드 이 새끼들이 그냥 있을 리 없잖아. 조만간 준비가 끝나는 대로 행동에 옮길 거야."

"준비는?"

"우리도 비상령을 내려놓은 상태야. 천왕회의 모든 전투 병력과 비문까지 열었어. 내일이면 전부 도착할 거다."

"곧 합류할 테니 기다려."

"오지 마. 네가 오면 태풍OR이 공식적으로 관여된 게 노출된다. 물론 그놈들도 알겠지만 공식적인 것과 그렇지 않은 것은 차이가 커. 여긴 내가 막을 테니까 걱정하지 말고 네 일이나 잘해."

수화기에서 들려오는 문호량의 웃음소리를 들으며 한정유가 눈살을 찌푸렸다.

당연히 문호량을 믿는다.

하지만, 문호량은 뭔가 잘못 생각하고 있다.

"머리는 네가. 싸우는 건 내가 한다. 그걸 잊은 모양이네."

"오겠다는 뜻이냐?"

"어차피 시간이 지나면 내 존재가 노출될 텐데 숨길 이유가 없다. 이왕 하는 거 화끈하게 해야지. 이것저것 따지면서 눈치를 보는 건 내 성격과 맞지 않아. 그리고, 나는 오늘부로 태풍OR을 떠날 거야."

"왜?"

"내가 여기 있으면 직원들이 위험해질 테니까. 어차피 여기 있는 직원들은 태풍 길드에 합류하지 못하는 사람들이다. 그러니 괜한 목숨을 위험하게 만들 필요는 없어."

"그 말도 일리가 있네."

"이따 저녁에 도철이와 합류할 테니 기다려. 네가 좋아하는 양주 한 병 사가지고 갈게."

"알았다."

"호량아, 우리 참 오랜만이지?"

"뭐가?"

"이렇게 피가 끓어오르는 기분 말이야."

＊ ＊ ＊

피켈로 호텔 다이아몬드 룸에 20명의 인물들이 모인 것은 대통령이 청와대 비서진의 개편을 언론에 공표한 다음 날이었다.

피켈로 호텔은 대한민국이 보유한 호텔 중에서 가장 아름다웠는데 다이아몬드 룸은 길드회장단 모임 장소로 고정된 장소였다.

화려한 조형물과 장식품으로 치장된 다이아몬드 룸에 앉아 있는 자들의 면면은 바다를 보는 것처럼 고요했고 산악처럼 장중했다.

길드협회장 강신쾌의 입이 열린 것은 마지막에 들어온 해동길드 회장 유원탁이 자리에 앉았을 때였다.

"자, 모두 오셨으니 회의를 진행하겠습니다. 오늘 회장님들을 모시게 된 이유는 잘 알고 계시리라 생각합니다."

"알고 있긴 합니다만… 정확한 경위부터 들어야겠습니다. 먼저 그 부분을 짚고 넘어갑시다."

맨 앞자리에 앉아 있던 JK 길드의 황선상이 무겁게 입을 열었다.

그의 눈은 차갑게 가라앉아 있었는데 시선이 잡히지 않아 어디를 보고 있는지 알 수 없었다.

모든 사람이 고개를 끄덕여 동의를 표했다.

언론을 통해서 들었고 자체적인 정보망을 통해 대충 사실을 알고 있지만 길드협회장으로부터 자세한 사정을 들어볼 필요가 있었다.

"그럼 먼저 사안에 대한 설명을 드리겠습니다."

뭔가를 말할 때는 현재 벌어진 일을 먼저 말하는 게 순서다.

그런 후 자신의 생각과 주장을 해야만 사람들을 설득시킬 수 있는 법이다.

강신쾌는 그런 순서를 정확하게 따랐다.

길드협회에서 파견했던 청와대 경호 요원들이 습격을 받은 사실부터 대통령의 후속 조치를 시간대별로 말한 후 한정유가 대통령을 독대한 사실을 뒤에 붙였다.

지금까지는 벌어진 사실에 대한 설명이었고 이후부터는 자신의 생각을 말해야 했기에 강신쾌의 목소리 톤이 조금 높아졌다.

"아시는 것처럼 지금 우리 길드협회에 태풍OR의 길드 승격 서류가 들어와 있습니다. 그 선봉에 선 자는 한정유지만 서류에 올라온 자들의 면면은 그 어떤 길드 못지않을 정도였습니다. 다시 말해 길드 승격을 승인해 줘도 문제가 안 된다는 뜻이지요. 하지만, 우리는 한 달 반이 되도록 서류 검토만 했을 뿐, 더 이상 업무를 진행시키지 않았습니다. 당연히 승인 불가를 할 생각이었으니까요."

"거두절미하고, 천왕회가 개입되었다는 게 사실입니까?"

강심쾌의 얼굴이 슬쩍 굳어졌다.

자신의 말을 끊고 들어온 자가 정도 길드의 이무천이었기 때문이다.

그는 자신과 길드협회장 선거에서 마지막까지 경합을 벌였던 인물이다.

그럼에도 그는 금방 얼굴을 펴고 말을 이어나갔다.


"우리 판단에는 그렇습니다. 다각도로 분석한 결과, 천왕회로 추측됩니다. 여러분도 아시겠지만 대통령이 우리에게 반기를 든 것은 태풍OR로 위장된 천왕회가 뒤에 있기 때문입니다. 대통령 은……."


벌어진 일과 향후에 발생할지 모르는 문제점을 하나하나 열거 했다.

국민의 지지를 받는 대통령이 길드연합과 대척점에 섰을 때 다가올 수많은 일들은 결코 길드에 반가운 것들이 아니었다.


"자, 그럼 이제 여러분과 의견을 나누는 시간을 가지겠습니다. 회장님들도 현재의 이 상황이 얼마나 위중한지 충분히 공감하실 거라 생각합니다. 기탄없이 의견을 제시해 주시면 나온 의견을 최종 취합해서 그동안 해왔던 것처럼 찬반 투표로 결정하겠습니 다."


떡밥을 던져 놓고 입을 닫았다.

어차피 결과는 정해져 있는 것이나 마찬가지다.

회장들이 중구난방으로 떠들었으나 중추령을 발동하자는 의 견이 모아지기까지는 그리 오랜 시간이 걸리지 않았다.

공동의 이익이 걸린 사안.

누구 하나 이익에 위배된다면 토론 시간은 길어졌겠지만 자신이 지닌 기득권을 위협당하자 회장들은 가차 없이 중추령의 발동을 가결시켰다.

속으로 회심의 미소가 지어졌다.

이젠 되었다.

중추령이 가동되면 그 병력은 작전이 끝날 때까지 길드협회의 소속으로 변한다.

난세.

이 난세에서 자신은 새로운 질서의 선봉에 서게 될 것이다.


*          *          *


"회의 끝났단다."


휴대폰으로 보고를 받던 문호량이 전화를 끊으며 툭 던졌다.

피켈로 호텔에 나가 있던 수천대 쪽에서 연락이 온 게 분명했다.


"속전속결이구만. 하긴, 오래 끌 일도 아니었을 거야. 그 새끼들, 안하무인으로 살아왔으니 우리가 얼마나 우습게 보였겠어."

"빨리 끝난 걸 보니 중추령이 가동된 모양이다. 이제 곧 공격이 시작되겠네."

"얼마나 걸릴 것 같아?"

"삼 일, 늦어도 오 일."

"그렇게 빨리?"

"그자들도 현 상황을 오래 방치하기 싫을 거다. 대통령이 초스피드로 움직이고 있으니까 최대한 서두를 거야."

"여기로 오겠지?"

"우리가 여기에 있는데 어디로 가겠어?"

한정유의 반문에 문호량이 당연하다는 듯 대답했다.

하지만 그게 당연한 일일까?

청와대는 대한민국의 심장이었고 최고 권력의 상징과 같은 곳이었으니, 길드연합이 병력을 보낸다는 게 당연한 일이라고 볼 수 없다.

그럼에도 전장을 청와대로 정했다는 건 길드연합이 그동안 얼마나 청와대 알기를 우습게 봤는가를 단적으로 증명해 주는 것이었다.

"호량아, 대통령이 중요해. 무슨 말인지 알지?"

"지켜야지. 무슨 수를 쓰더라도. 눈먼 칼에 맞고 죽으면 지금까지 우리가 한 짓이 공염불이 된다. 그래서 말인데… 대통령은 도철이가 맡았으면 좋겠어."

"내가 왜?"

갑작스러운 말에 옆에서 듣고 있던 김도철이 눈을 동그랗게 떴다.

전혀 의외였고, 전혀 맡고 싶지 않은 일이었기 때문이다.

"방금 이유를 말했잖아. 대통령을 지키는 게 어떤 것보다 중요해. 일이 끝나기 전에 대통령이 죽으면 전부 도로아미타불이야. 믿고 맡길 수 있는 사람은 너밖에 없어."

"싫다. 아주 예쁘고 아름답게 싸울 테니까 난 빼줘. 수천대나 정천대장, 아니면 너희 비문에서 온 사람들한테 맡기면 되잖아!"

"전투부대장들을 뺄 수는 없다. 그리고 비문에서 온 사람들은 장로들이라 내 말을 안 들어. 대통령을 지켜달라고 하면 아마 그냥 간다고 할 거야."

"미치겠네. 그래도 왜 하필 나야. 난 안 해."

"청와대 지하에 벙커가 있다. 놈들의 공격이 시작되면 대통령을 모시고 거기로 들어가. 만약 우리 방어를 뚫고 들어오는 놈이 있으면 네가 해결해야 돼."

"그냥 대통령을 다른 곳으로 피신시키는 건 어때?"

"말이 되는 소릴 해. 그리고 대통령은 나가려고 하지 않을 거야. 그 양반, 목숨을 걸었거든."

"으……."

결국 김도철의 입에서 애끓는 신음 소리가 흘러나왔다.

아무리 용을 써도 벗어날 길이 없었으니 이건 올가미에 걸린 짐승이나 다름없다.

아리따운 여자도 아니고 다 늙어빠진 대통령과 벙커에 있을 생각이 들자 벌써부터 온몸에서 두드러기가 생기는 것 같았다.

그랬기에 김도철은 신음과 함께 원망의 눈초리로 문호량을 노려봤다.

하지만 그의 시선은 한정유 쪽으로 돌아간 지 오래였다.

"이 싸움은 국민들이 모르는 싸움이다. 얼마나 많은 자들이 죽을지 모르지만 언론에는 한 글자도 나가지 않을 거야. 예전에 중추령이 발동되어 놈들이 천왕회를 쳤을 때도 마찬가지였어."

"전쟁이 벌어지는데 사람들이 모른다고? 그게 가능해?"

"초인들의 싸움이니까. 그리고 언론은 알아도 모른 척할 수밖에 없어. 만약 이런 사실이 보도되면 피의 보복이 따르거든."

"길드 이 새끼들, 언론을 완전히 똥개로 만들어놨구만."

"언론뿐이겠어. 국회의원, 경찰, 심지어 군대까지 전부 길드의 하수인들이야."

"판이 뒤집히면 재미있겠군. 아주 대한민국 사회가 시끌벅적하겠어."

"그러려면 일단 오는 놈들부터 박살 내야 되겠지?"

"청와대에는 수많은 사람들이 근무를 한다. 놈들이 언제 공격해 올지 모르는데 그 사람들은?"

"놈들은 정문으로 들어오거나 미리 연락을 하고 올 거야. 충분히 내보낼 시간은 있어. 결코 기습하지는 않을 거다."

"호오, 신사적이네."

"무고한 사람들까지 죽일 정도로 짐승들은 아니야. 그놈들이 일반인을 죽일 경우는 단 하나. 자신들의 안위에 위해가 될 때뿐이다."

"그건 그렇고, 판은 벌여놨으니 우리가 살아남으면 그다음은?"

"중추령이 발동되어 온 놈들을 박살 내면 그다음엔 더 강한 놈들이 올 거야. 우린 그놈들까지 박살 내면 된다."

"왜?"

"길드 역시 끝장을 볼 수 없으니까 더 이상 공격하지 못해. 던전이 계속 열리는 상황에서 우리만 신경 쓸 수 없거든. 너도 알겠지만 괴물들이 점점 강해지는 상황이라 놈들도 여력이 없어. 결국 타협을 선택할 거다."

"그렇기도 하겠네."

"거기까지 해놓으면 우리의 길드 승격은 자연스럽게 이루어진다. 그때까지만 버티면 돼."

"그놈들도 요구하는 게 있을 텐데?"

"아마 대통령을 내놓으라고 하겠지. 예전처럼 다시 돌아가고 싶을 테니까. 우리도 어차피 길드로 가는 이상 손해 보는 장사는 아니야."

"대통령을 내놓으라는 게 무슨 의미냐. 혹시 죽인다는 뜻이냐?"

"그자들에겐 반역자거든. 길드가 반역한 자를 대통령 자리에 그냥 앉혀놓겠어?"

"뭐가 그렇게 쉬워!"


문호량의 말을 들은 한정유가 입술을 말아 올렸다.

뭔가 마음에 들지 않을 때 짓는 특유의 버릇.

그랬기에 문호량의 얼굴이 천천히 일그러졌다.

한정유가 이런 짓을 할 때마다 자신의 전략은 차질이 생겼고,

정국은 이상한 쪽으로 흘러갔기 때문이다.

*          *          *

한정유는 천천히 걸어 집무실로 향했다.

벌써 9시가 넘었는데도 대통령은 관저로 가지 않고 집무실을 지키고 있었다.

복도를 따라 경계를 서고 있는 무인들.

바로 천왕회의 5대 특수부대 중 하나인 수혼대의 정예 병력이 24시간 대통령을 밀착 마크 하면서 경호를 섰다.

집무실 문을 열고 들어서자 대통령이 혼자 커피를 앞에 둔 채 창밖을 바라보고 있는 게 보였다.

더없이 쓸쓸한 분위기.

그는 지금 어떤 생각을 하고 있을까?

"대통령님, 날씨가 싸늘합니다. 창문을 닫겠습니다."

"그냥 놔둬요. 아직 겨울이 오려면 멀었답니다."

"감기에 걸릴까 봐 걱정이 됩니다. 죄송하지만, 닫겠습니다."

대통령은 두라고 했으나 한정유는 문을 닫고 커튼까지 쳤다.

감기 때문에?

그렇게 생각했다면 너무 단순하다. 어디서 어떤 총격이 가해

올지 모르는 상황이었으니 최대한 조심할 필요가 있었다.

그걸 알기에 대통령도 더 이상 고집을 피우지 않았을 거고.


"한정유 씨, 커피 한 잔 줄까요?"

"아닙니다."

"여기 온 지 벌써 3일째죠?"

"그렇습니다."

"와보니까 어때요. 그냥 앉아만 있어도 숨 막히지 않소?"


무슨 뜻인지 짐작이 간다.

그에게는 청와대가, 그리고 대통령이란 자리가 더없이 무겁고 힘겨웠던 모양이다.

처음 들어왔을 때의 다짐과 결의는 사라진 지 오래였을 것이다.

대통령이라 불렸지만 인간으로서는 그저 평범한 노인에 불과한 그가 초인들을 상대한다는 건 처음부터 불가능한 일이었다.

그랬기에 한정유는 잠시 대통령의 얼굴을 바라보다 가볍게 숨을 들이마셨다.


"대통령님, 한 가지 물어봐도 되겠습니까?"

"말해봐요."

"진짜 죽음이 두렵지 않으십니까. 왜 명예로 가득 찬 대통령께서 이런 위험을 스스로 자초하시는 건지 저로서는 도저히 이해할 수 없습니다."

"사람이니까. 나는 대통령 이전에 사람입니다. 내가 젊었을 때, 사회는 아름다웠고 모든 사람들이 평등했어요. 그런데 던전이 나타나고 각성자들이 이 세상을 지배하면서 모든 것이 바뀌었소. 국가의 이익보다 길드의 이익이 우선되고, 사람들의 자유와 평등이 무시되는 세상이 되어버렸단 말이오. 나는 대통령에 오르며 그것을 바꿔보려 했지만 무기력한 내 자신에게 절망만 느꼈을 뿐이었어요. 그래서 한정유 씨에게 부탁한 겁니다. 하루를 살아도 사람답게 살고 싶어서."

"무슨 말씀인지 이해했습니다."

"혹시, 그들이 언제 오는지 알고 있나요?"

"5일이 지나기 전엔 올 것 같습니다."

"그렇다면 내가 발표는 할 수 있겠군요. 최대한 서두르면 가능할 수도 있겠어요."

"왜 그리 서두르십니까?"

"국민들에게 보여주고 싶어서요. 대통령으로서 스스로 권한을 행사하는 당당한 모습을 보여줄 수 있다면 나는 당장 죽어도 좋소."

"음⋯⋯."

"시간이 없다는 걸 알기에 서두르는 거요. 내 목숨이 얼마 남지 않았으니 하고 싶은 걸 마음껏 해보고 죽어야죠."

"그게 무슨 말씀입니까?"

"어차피 나는 죽게 되어 있다는 거 잘 압니다. 한정유 씨를 포함한 태풍 길드도, 그리고 나를 노리는 담장 밖의 길드연합도 결국은 초인들 아닙니까. 초인들이 나를 그냥 살려놓을 이유가 없겠죠. 한정유 씨도 결국은 태풍 길드를 만들기 위해 나를 선택한 거 아니겠소. 그러니 애써 그런 표정 지을 필요 없어요."

"제가 배신할 거라 생각하신 모양이군요."

"서로를 이용했을 뿐인데 그게 어찌 배신이겠소. 한정유 씨, 마지막으로 부탁 하나만 해도 되겠소?"

"말씀하십시오."

"정부 내각 발표를 할 때까지만 나를 지켜주시오. 그런 다음에는 어떻게 하든 상관없으니, 그것만 하게 해주시오. 부탁이오."

대통령의 시선을 받으며 한정유는 길게 한숨을 흘려냈다.

주름진 얼굴 속에서 빛나는 시선이 눈물 한 방울에 묻혀 아련하게 새어 나오고 있었다.

말없이 한동안 그 모습을 바라보았다.

그런 후, 커튼으로 가려진 창문 쪽으로 시선을 돌린 대통령을 향해 천천히 입을 열었다.

"대통령님, 이제야 말씀드리지만 저는 오래전 무림에서 마제라는 이름으로 천하를 휘어잡았던 남자였습니다. 그런 저에겐 그때도, 지금도 변하지 않는 한 가지 신념이 있습니다. 그건 바로, 저를 믿어준 사람은 목숨을 걸고 지킨다는 것입니다."

\*　　　　\*　　　　\*

길드협회장 강신쾌.

20개 길드 중 하나인 무원 길드의 회장으로 3년 전 길드협회
장에 당선된 무인이다.

길드협회장은 4년 단임제였고, 20개의 길드회장들이 선거를
통해 돌아가는 선출제였다.


이제 남은 임기는 1년.

3대 메이저 길드에 포함되지 못한 그가 길드협회장을 맡게 된
것은 피닉스 길드와 JK 길드의 회장이 이미 회장직을 역임하면
서 기회가 생겼기 때문이다.

밖으로 노출시키지 않았지만 메이저 길드로 올라서기 위한 야
심을 버린 적이 없다.

그는 현경에 올라선 고수였으니 군림이란 본능이 언제나 가슴
속에서 꿈틀거렸다.


그 와중에 중추령의 발동으로 자신의 수중에 들어온 이백의
병력은 야망을 성취할 수 있는 기폭제나 다름없었다.

길드당 10명.

그들을 이끄는 놈들은 각 길드의 골수분자였으나 나머지는
길드에서 가장 천대받는 비주류가 분명했다.

어떤 길드도 회장의 직속 라인과 주류에 포함된 무인을 보내
지 않기 때문이다.

다시 말해 중추령의 발동으로 이곳에 파견된 자들은 소속된
길드에서 불만으로 가득 차 있는 놈들이다.

"정 본부장, 얼마나 진행되었나?"

"성분을 분석해서 50% 정도 진행되었습니다. 각 길드에서 가장 불만이 많은 자들부터 접촉했습니다."

"결과는?"

"상당히 만족스럽습니다. 동의한 놈들에게 개인당 선불조로 5억을 쏴줬고, 공격이 끝나고 나면 잔금을 지불해 주는 것으로 이야기가 된 상탭니다. 나머지 놈들은 더욱 신중하게 움직일 생각입니다. 길드가 알면 곤란해질 테니 신중에 신중을 기할 생각입니다."

"천천히 해. 그렇다고 길드가 아는 걸 두려워하지 마라. 어차피 힘의 논리에 의해 움직이는 세상. 그자들이 안다고 해서 달라질 건 없어."

"그자들도 대충은 짐작하고 있을 겁니다."

"길드회장들이 번갈아가며 전화질을 해대는구만. 이젠 슬슬 시작해야 될 것 같아."

강신쾌의 말을 들은 기획본부장이 웃었다.

산전수전 다 겪은 길드회장들이 왜 강신쾌의 의도를 짐작하지 못했을까.

천왕회가 뒤에 있는 청와대를 공격한다는 것은 꽤 어려운 싸움일 테니 각 길드에서는 죽어도 괜찮은 놈들을 보냈을 것이다.

"강일청에겐 말해놨지?"

"조치해 놨습니다."

"이번에 온 놈들로는 쉽지 않은 싸움일 거야. 괜히 우리 식구가 될 놈들을 소모할 이유가 없단 말이야. 그러니 한 번에 끝장 본다는 생각을 하면 안 돼."

"걱정하지 마십시오. 강 대장은 이미 이 상황을 잘 알고 있습니다."

"회장들한테는 내일 공격한다고 말했으니까 준비 잘하고."

"예, 회장님."

강신쾌가 등을 뒤로 밀어 의자에 깊숙이 묻는 걸 보며 기획본부장이 자리에서 일어났다.

병력을 이끄는 강일청은 무원 길드의 스페셜 마스터로 성격이 신중한 편이었으나 싸움이 벌어지면 물불을 가리지 않을 만큼 지독했다.

벌써 몇 번을 말했어도 건성으로 고개만 끄덕였기에 다시 한 번 만날 필요가 있었다.

\*　　　　\*　　　　\*

"왜 안 와? 5일이면 온다며?"

"글쎄, 이것들이 왜 안 오지?"

"그걸 나한테 물으면 어떡해?"

"성질머리하고는, 그럼 내가 가서 언제 올 거냐고 물어봐?"

"응."

천연덕스러운 대답에 문호량의 입꼬리가 올라갔다.

이럴 때는 한 대 쥐어박고 싶은 생각이 굴뚝처럼 올라온다.

"어차피 길드에서 처음 보내는 놈들은 삼류들일 거야. 정예들은 나중에 올 거고. 그러니까 너무 기대하지 마."

"귀찮은 짓들을 하는군."

"우리 실력을 모르니까 간을 보는 거겠지."

"아, 정말 따분하네. 벌써 일주일째 이게 뭐 하는 짓이야!"

한정유가 길게 두 팔을 치켜올리며 하품을 흘렸다.

이틀 전, 새로운 내각을 선임해서 발표를 했고 국회청문회도 거치지 않고 대통령 직권으로 임명장 수여식까지 마친 상태였다.

야당은 물론이고 여당까지 들고 일어나 대통령이 민주주의를 해친다고 난리를 쳤지만 대통령은 눈 하나 깜빡하지 않았다.

어차피 길드에 장악당한 국회에서 자신이 임명한 각료들을 인정해 주지 않을 테니 그로서는 다른 방안이 없기도 했다.

"호량아, 이리 와라."

"왜?"

"심심한데 우리 바둑이나 두자. 어디 갈 데도 없으니 신선놀음이나 하자고."

"그럴까."

커피를 홀짝이고 있던 문호량이 반색을 하며 다가왔다.

그 역시 무료하게 시간을 보내는 게 괴로웠던 것 같았다.

바둑판이 꺼내졌고 돌이 가려졌다.

무림에 있을 때도 둘은 바둑을 즐겨 뒀는데 승률이 반반일 정도로 팽팽한 실력을 가지고 있었다.


포석이 끝나고 우상귀에서 벌어진 전투가 중앙까지 번졌다.

빠르게 착수하던 두 사람이 그때부터 신중해지기 시작했다.

대마의 사활이 걸린 전투였으니 이 싸움의 결과로 승패가 결정될 수밖에 없었다.

문호량의 포위 공격을 뚫기 위해 한정유가 눈목자로 빠져나왔다.

포위만 뚫으면 공격하던 돌들은 오히려 갈 곳 잃은 양떼가 되어 죽을 수밖에 없는 운명이었으니 문호량은 일 수, 일 수에 신중을 기했다.

한정유의 눈이 번쩍 빛난 것은 문호량이 자신의 돌을 끊었을 때였다.


"역시 호량이야. 떡밥을 절대 그냥 물지 않거든. 하지만 그 신중함이 가끔가다 치명적인 실수를 범하곤 하지."


회돌이.

끊어온 돌을 단수 치면서 회돌이로 모는 순간 문호량의 안색이 허옇게 변했다.

단순한 회돌이가 어찌 무섭겠나.

문제는 회돌이에 이어 끊은 돌이 빠져 나갈 때 계속해서 밀면 결국 전권에서 멀찍이 떨어져 있던 한정유의 돌이 위력을 발휘하며 결국 잡힌다는 것이었다.

"무르자."

"일수불퇴."

"친구끼리 그러지 말자."

"바둑에서 무르는 게 어딨어. 싫다."

"우리가 한두 번 그랬어. 어제 나도 물려줬잖아!"

"어젠 어제고."

아웅다웅.

참 아름답다.

바둑판에서는 늘 벌어지는 모습이지만 둘이 하는 짓은 참 아름답기 짝이 없었다.

문을 열고 들어선 김도철이 혀를 찬 건 둘이 곧 머리끄덩이를 붙잡고 싸우기 일보 직전이었다.

"잘하는 짓이다. 역시 하수들이라 아름답게 싸우는구만."

"뭐라고!"

"감히 어디서 그런 망발을!"

말씨름을 하던 한정유와 문호량이 동시에 김도철을 바라보며 싸늘한 시선을 보냈다.

하지만, 김도철은 두 놈의 살기 어린 시선을 아예 쳐다보지도 않은 채 바둑판을 확인했다.


"이게 바둑이냐, 오목이냐?"

"야, 그거 건들지 마."

"참 바둑 수준 훌륭하네. 하수들 간의 아름다운 전투구나. 척 보니까 대충 15급 정도 되겠어."

"우릴 뭘로 보고. 이 자식아, 최소 9급은 된다."

"너희 실력으론 9급한테 4점은 깔아야 돼."


이젠 셋이다.

둘에서 셋으로 늘어나 떠들어대니 휴게실이 금방 난장판으로 변했다.

비천대장 유광철이 들어온 것은 김도철이 한 수 가르쳐 주겠다며 팔을 걷어붙일 때였다.


"회장님, 놈들이 왔습니다."

"그래?"


유광철의 보고를 받은 문호량이 바둑판을 훑기 위해 팔을 뻗었다.

나름대로 머리를 썼지만 한정유가 즉시 그의 팔을 제지하며 눈알을 부라렸다.

"한 시간 주겠답니다. 사람들을 내보라는군요."

"좋네. 시간도 딱 맞췄고."


문호량이 자리에서 일어났다.

그러자 한정유도 천천히 자리에서 일어나며 입을 열었다.


"끝나고 와서 마저 둬. 아니면 지금 항복하든가. 짜장면에 탕수육이다. 알지?"

"알았다. 이 자식아!"


*　　　　*　　　　*


청와대에 집결한 천왕회의 병력은 비천대를 비롯한 5개 전투부대와 비문 소속의 장로들까지 전부 합해 160명이었다.

특수부대에 소속된 인원의 반은 골든헌터였고, 나머지도 아이언 헌터 이상의 능력을 지녔다.

특히 비문에 소속된 5명의 장로들은 전부 스페셜 마스터급의 고수들이었으니 숫자로 세는 것 자체가 의미 없을 정도다.

다시 말해 이곳 청와대에 모인 전력은 웬만한 길드 몇 개와 맞먹을 정도의 전력이란 뜻이다.


부대원들의 인솔로 청와대에 근무하고 있던 사람들이 질서정연하게 빠져나가자 정적이 찾아왔다.

워낙 많은 숫자였기 때문에 이동 시간이 꽤 걸렸다.

전투 대형으로 대원들을 배치해 놓은 문호량이 한정유를 바라봤다.


"같이 갈래?"

"어딜?"

"준비 끝났으니까 시작하자고 말해줘야지. 우리도 신사의 규칙 정도는 알잖아?"

"그건 그렇지."


현재 시각 오후 8시.

시간 참 좋다.

원래 싸우는 건 야심한 저녁에 해야 운치가 있는 법이니까 길드협회는 시간을 잘 골랐다.


문호량과 함께 청와대의 정문까지 걸어가자 대형을 유지한 채서 있던 자들의 모습이 들어왔다.

중추령이 발동될 경우 사안에 따라 다르지만 길드는 파견 병력에 의무적으로 3명의 골든헌터를 포함시켜야 된다는 규칙이 있었다.

단순 계산만 해도 이곳에 온 골든헌터의 숫자가 60명에 달한다는 뜻이다.

서 있는 자들에게서 날카로운 기세가 철철 흘러나오고 있었으나 한정유는 여유 있는 표정을 지우지 않았다.

"누가 수장이야? 나와 봐!"

"나는 무원 길드의 강일청이다. 한정유, 여기서 그냥 물러선다면 살 수 있다. 그렇지 않고 버티면 죽음뿐이야. 어쩔 텐가?"

"고작 당신과 저 인원으로 우릴 어쩔 수 있다고 생각해?"

"철없는 놈. 네가 아무리 히어로전의 우승자라 해도 나한테는 안 된다. 어린애들 노는 판에서 이긴 것 가지고 기고만장하다니……."

"당신이 제법 강한 건 알겠어. 그런데 나머지가 너무 약해. 내가 기회를 준다. 그러니 그냥 가라. 불쌍한 애들 죽이지 말고."

"가소로운 놈."

"정 싫다면 할 수 없지. 그럼 5분 있다 들어와."


60명의 골든헌터가 포함된 200명의 각성자. 그리고 그 병력을 이끄는 스페셜 마스터 강일청.

이 정도의 병력이라면 산악을 부술 정도의 전력이다.

7년 전 일도회를 때려잡기 위해 중추령이 발동되었을 때 작전을 실패한 것은 전력이 부족했기 때문이 아니란 게 길드협회의 판단이었다.

그 당시 천왕회는 어둠 속에 숨어 있는 상태였고, 중추령을 이끄는 수장이 문호량에 의해 제거되면서 제대로 싸워보지 못한 채 해산되었기 때문이다.

그랬기에 강일청은 회장의 지시를 받고도 웃었다.

문호량에게 당했던 과거의 경험 때문에 회장단에서는 자신 외에 2명의 스페셜 마스터를 추가로 파견했으니 천왕회 정도한테 진다는 생각은 눈곱만치도 하지 않았던 것이다.

하지만, 막상 전투가 벌어지자 어이없는 결과가 발생했다.

강해도 너무 강했다.

청와대에 포진하고 있던 천왕회의 전력은 상상하지 못할 정도로 강했고, 요소요소에 배치되어 있는 자들은 자신마저 어쩔 수 없는 강자들이었다.

은밀하게 싸우다 뒤로 빠지라는 회장의 지시에 맞춰 포섭된 자들이 전력을 다하지 않은 것도 있지만 그렇지 않더라도 처음부터 상대가 되지 않는 싸움이었다.

"헉, 헉!"

싸움이 벌어진 지 불과 30분 만에 결과는 극명하게 나타났다.

비슷한 숫자가 붙었음에도 싸움의 결과는 어이없을 정도로 일방적이었다.

더군다나 천왕회 쪽 후방에서 무시무시한 기세를 뿜어내며 서 있는 5명의 노인들은 아예 싸움에 가담조차 하지 않은 상태에서 벌어진 일이었다.

상대의 검을 피하며 훌쩍 전권에서 벗어났다.

자신과 싸운 상대는 불과 서른 중반밖에 되지 않는데 30분이 지나도록 우세를 점하지 못했다.

한번 싸우면 끝을 보는 성격이다.

누군가와 싸우며 후퇴한 적이 없었고 칼을 꺼내면 반드시 상대를 쓰러뜨려야 직성이 풀렸다.

하지만, 여기저기 신음 소리를 지르며 뒹구는 병력들을 확인하자 더 이상 싸울 수가 없었다.

회장의 간곡한 부탁이 머릿속에서 뱅뱅 울렸기 때문이다.


"네가 천왕회주냐?"

"설마, 나는 천왕회 비천대장 유광철이다."

"그럼 누가……?"

"그건 알아서 뭐 해. 싸움에서 진 놈은 그런 거 물어보는 거 아냐. 내가 보니까 처음부터 이길 생각이 없었던 것 같은데 이쯤에서 끝내는 게 어때. 시간을 자꾸 끌면 저기 쓰러진 놈들 중 상당수가 죽을 텐데, 그래도 괜찮겠어?"

"으……."


강일청의 눈이 새빨갛게 달아올랐다.

이제 싸우고 있는 자는 불과 10명밖에 되지 않는다.

그중 자신과 같이 온 길드의 스페셜 마스터들이 들어 있으나 그들도 우위를 점하지 못한 채 싸움을 계속하고 있었다.


"중지!"

벼락같은 고함을 질러 싸움을 멈췄다.

이미 기울어진 싸움. 더구나 상대가 전부 죽일 생각이 없다는 걸 확인한 이상 끝을 볼 이유가 없었다.


"우리가 졌으니 부상자들을 데려가게 해다오."

"그러라고 했잖아."

"대신… 다음에 나와 다시 붙자. 오늘 못 끝낸 승부를 끝내고 싶은데 괜찮을까?"

"마음에 드네. 좋아, 기다려 주지."


유광철이 검을 회수하며 웃자 강일청의 얼굴이 일그러졌다.

다시 온다.

이 치욕을 갚기 위해서라면 죽음 같은 건 두렵지 않다.

이를 악물고 유광철을 노려봤다.

싸움에 진 것보다 놈을 이대로 그냥 두고 간다는 것이 너무나 억울했다.


"처음부터 길드가 잘못 판단했어. 너희들이 이 정도로 강하다는 걸 알았다면 이렇게 오지 않았을 거야. 하지만, 다음엔 그렇지 않을 테니 각오하도록."

"알아. 그러니까 빨리 꺼져!"

제27장

장악 |

　길드협회장 강신쾌는 자신 앞에 선 강일청을 바라보며 두 눈을 부릅떴다.

　미리 소식을 들었지만 더없이 굳어진 강일청의 모습을 보자 저절로 이가 악물려졌다.

　처참한 패배 소식에 전 길드가 충격을 받았다.

　중추령이 발동된 역사에서 이런 패배는 처음이었기에 현재 강신쾌는 물론이고 전 길드의 핵심들이 전부 비상 상태로 대기 중이었다.


　"뭐 하고 있어? 앉아."

　"예, 회장님."

천천히 다가와 앉는 강일청의 행동에 담긴 건 부끄러움이다.

안다, 그 마음.

강일청과 함께한 시간이 벌써 12년.

무원 길드를 그와 함께 일구었고, 고통과 기쁨을 함께했으니 형제나 다름없다.


"자세히 말해 봐. 어떻게 된 거냐?"

"우리는 놈들의 전력을 잘못 파악하고 있었습니다. 마치 계란으로 바위를 치는 것처럼 느껴질 정도였습니다."

"음……."

"회장님, 제가 싸움에 지고 와서 변명하는 것처럼 들리십니까?"

"그럴 리가, 세상에 그 누가 나보다 너를 잘 알겠냐. 나는 네 말을 믿는다."

"중추령을 특급으로 올려야 합니다. 그래야 놈들을 처치할 수 있습니다."

"정말 어이가 없군. 특급 중추령을 발동해야 될 정도라니……. 천왕회 그놈들은 도대체……."


특급 중추령은 각 길드당 1명의 스페셜 마스터와 5명의 골든 헌터가 포함되는 최고 등급의 소집령이다.

강일청이 이끌었던 중추령과 비교할 때 숫자로는 별 차이가 없지만 속 내용을 들여다보면 판이하게 다르다.

특급 중추령이 발동된다는 것은 길드의 사활이 달린 문제였기에 각 길드가 정예들을 보낼 수밖에 없기 때문이다.

골든헌터도 같은 골든헌터가 아니고 스페셜 마스터도 같은 스페셜 마스터가 아니었으니, 각 길드에서 파견된 정예들은 무력 면에서 비교조차 할 수 없을 만큼 강해진다.


"놈들은 최소 스페셜 마스터의 숫자가 10명이 넘었습니다. 더군다나 전투부대의 능력이 상상을 초월할 만큼 강했습니다. 불과 30분. 중추령에 소집된 병력이 버틴 시간은 30분이 전부였습니다."

"피해는?"

"사망 13명, 중상 52명입니다. 나머지도 그리 상태가 좋은 편은 아닙니다."

"흐으……."

"끝장을 봐야지요. 회장님, 놈들을 반드시 죽여야 합니다."

"시작을 했으니 당연히 끝장을 본다. 그러니 자넨 그만 돌아가서 쉬어."

"제가 무슨 면목으로 쉬겠습니까. 저를 빼실 생각은 하지 마십시오. 저도 무조건 가겠습니다."

"쯧쯧. 또 그 성질머리. 기획본부장, 길드와는 연락을 취했지?"


저절로 혀가 차여졌다.

강일청은 자신을 혹시라도 뺄까 봐 불안한 표정을 지으며 안절부절못하고 있었다.

강신쾌의 고개가 돌아오자 옆에서 대화를 지켜보던 기획본부장의 굳어졌던 입이 열렸다.

"내일 다시 회장단 소집을 요청했습니다."

"반응은?"

"이미 그들도 소식을 들었기 때문에 당연한 듯 받아들이더군요."

"혹시 우리를 의심하는 눈치는 없던가?"

"그럴 리가요. 센터로 온 놈들이 직접 보고했을 테니 의심은
하지 못할 겁니다."

"특급 중추령이 소집되면 청와대는 내가 직접 병력을 이끌고
갈 생각이다. 그래야 회장들이 다른 생각을 안 할 거야."

"회장님이 직접 가신단 말입니까?"

"가야지. 특급 중추령이 발동되는 상황인데 내가 가지 않으면
회장들이 뭐라 하겠나. 더군다나 나에겐 가야 할 이유도 있잖
아. 그놈들의 칼에 먼저 간 놈들의 복수를 해주지 못해서 항상
마음이 찜찜했다. 이 기회에 그 빚을 갚아줘야지. 너무 늦었어.
욕심을 부리느라… 내 눈앞에 있는 이익을 쫓느라……."

\*            \*            \*

남정근이 청와대로 들어온 것은 전투가 벌어진 다음 날 아침
이었다.

그는 얼굴이 상기되어 있는데 제대로 잠을 자지 못했는지 눈
알이 충혈된 상태였다.

"이겼다며?"

"아침은 드셨습니까. 이른 새벽부터 참 부지런도 하십니다."

"도저히 궁금해서 참을 수가 있어야지. 어디 다친 데는 없어?"

"난 싸우지도 않았어요. 보다시피 멀쩡합니다."

"한 팀장이 안 싸웠으면 누가… 천왕회가 다 했어?"

"그렇죠. 호랑이가 워낙 음흉해서 꽤 단단한 병력을 숨겨놨더군요."

"우리 쪽 피해는?"

"10명 정도 부상을 당했어요. 전력 손실은 많지 않습니다."

"다행이군, 다행이야."


남정근의 얼굴이 활짝 펴졌다.

그는 전투가 벌어졌다는 소식을 들은 후 그게 가장 걱정되었던 모양이다.

싸움의 결과가 승리였다 해도 병력의 손실이 많다면 그건 의미가 없기 때문이다.

이 전투의 이유는 오직 하나.

길드로의 승격이 목적인 이상 병력의 손실이 막대하다면 도로 아미타불이다.


"회사는 어때요?"

"여전히 바쁘지. 요즘 던전이 한 달에 10개씩 열리고 있어. 더군다나 길드 애들 얘길 들어보니 던전의 색깔이 점점 파란색으로 진해지고 있다고 해. 문제는 괴물들의 힘이 더 강해진다는 거야. 그래서 길드 애들이 고전 중인 것 같아."

"산에서 내려오는 괴물들이 있습니까?"

"아니, 요즘은 기껏 내려와 봤자 구홀 정도야. 길드가 미친 듯이 막고 있거든. 길드 이놈들이 예전처럼 내려 보내질 않아. 아마 OR의 힘으로는 못 막을 거라 판단한 것 같아. 이러다가 OR은 밥줄이 끊길지도 모르겠어."

"그래도 아주 인간성이 말살되진 않았군요. 사람들의 안위를 먼저 생각하는 걸 보니."

"국민들이 무사해야 길드도 살아남을 수 있어. 그러니 당연한 거지. 근본이 무너지면 길드도 존재 의미가 무너지니까."

"그렇겠죠."

"그런데 대통령이 오늘 중대 발표를 한다던데, 그게 뭐야?"


갑자기 생각난 듯 남정근이 물었다.

요즘 들어 대통령의 행보는 파격 그 자체였기 때문에 언론과 국민들은 대통령의 일거수일투족에 촉각을 곤두세우고 있는 중이었다.

대답을 한 것은 한정유가 아니라 옆에 있던 문호량이었다.


"오늘 대통령은 사법권 회수를 공표할 겁니다."

"그게 뭡니까?"

"길드를 정부의 통제하에 두겠다는 뜻이죠. 길드협회를 정부 기관으로 변경시켜 본격적으로 길드를 통제하겠다는 뜻입니다."

"그런 말도 안 되는 짓을……."

문호량의 말에 남정근의 얼굴이 일그러졌다.

이건 뭐, 길드와 정면 승부를 벌이겠다는 것과 다름이 없다.

정치, 경제는 물론이고 사회 전반을 장악하고 있는 초인들을 국가에 예속하겠다는 뜻인데 그건 길드에게 선전포고를 하는 것과 다름없는 짓이다.

그랬기에 남정근은 눈꼬리를 치켜올리며 목소리를 높였다.


"대통령이 미쳤군요. 그 사람 도대체… 지금 우릴 물 먹이겠다는 뜻입니까?"

"믿는 구석이 있어요."

"믿는 구석이라뇨. 대통령이 무슨 힘이 있다고 길드와 상대한단 말입니까. 사법권 회수는 우리도 받아들일 수 없는 일이에요. 대통령이 저렇게 나온다면 우린 당장 이곳을 떠나야 합니다. 우릴 죽이겠다는 인간하고 같이 있을 이유가 없어요."

"제 말이 그 말입니다. 그런데 우리 정유가 안 된다네요."

"그게 무슨… 한 팀장이 왜요?"

"직접 물어보시죠. 나도 답답하니까."


남정근이 놀란 눈으로 바라보며 문호량이 피식 웃었다.

그냥 봐도 뻔하다.

자신의 답답함을 풀기 위해 남정근을 이용하려는 수작이었다.


"한 팀장, 도대체 뭐야? 우리가 대통령한테 온 건 길드 승격 때문이잖아. 못 하게 막아야 해. 그래야 우리가 길드로 승격할 수 있어. 더군다나 그걸 발표하면 길드는 사력을 다해서 우릴 죽이려고 할 거야. 결코 적당히 물러서지 않을 거라고!"

"압니다."

"아는 사람이 왜 그래. 도대체 뭐가 문제야?"

"내가 대통령을 돕는 건 이유가 있기 때문입니다."

"그게 뭔데?"

"국민들은 정부가, 길드는 우리가 통제하기 위해서죠. 나는 명분을 만들어 길드를 장악할 생각입니다. 대통령 직속 신설기구, 길드 통제국이란 이름으로. 나는 길드 승격보다 그게 더 마음에 드는군요."

"헉!"

"길드는 썩었습니다. 아무리 초인이라 해도 저희들의 이익만 생각한다면 세상을 어지럽히는 벌레들과 다를 바 없습니다. 그래서 생각해 낸 것이 사법통제권입니다. 당당한 명분으로 거침없이 길드를 장악하기 위해서는 그 방법이 가장 좋을 것 같아서."

"자네… 그게 가능하다고 생각해? 이 사람아, 당장 죽을지도 몰라. 생각해 보게. 오늘 대통령 발표가 나오면 길드가 가만있을 것 같나. 아마, 최정예 병력들을 보낼 걸세."

"그 정도는 돼야 싸울 맛이 나죠. 그러라고 오늘 발표하는 겁니다."

"미쳤군, 완전히 미쳤어."


공상, 아니면 망상이라 부르는 게 낫겠다.

지금 한정유의 말은 길드 전체를 상대해서 무릎 꿇리겠다는 뜻이나 다름없었다.

　물론 견뎌낼 수만 있다면 한정유의 선택은 최상의 결과를 가져올 수 있겠지만, 그건 절대 불가능한 일이다.

　아무리 천왕회의 힘이 강하다 해도 길드 전체와 싸운다는 건 죽음뿐이기 때문이다.

　그랬기에 그는 한정유을 빤히 쳐다보며 황당함을 숨기지 않았다.

　지금까지 한정유가 하는 짓이라면 무조건 찬성하며 따라줬지만 이건 아무리 생각해도 무모함을 넘어 스스로 죽겠다는 거나 다름없다.

　"어때요, 설득이 안 되죠?"

　"문 회장님, 이건 아닙니다. 제가 천왕회를 무시하는 게 아니라 근본적으로 상대가 안 되는 게임입니다. 물론 한 팀장의 말대로 된다면 최상이겠지만 불가능한 일이잖습니까. 자칫 우리 전부가 죽을 수 있어요."

　"그러니까요. 그런데 정유가 충분하답니다. 남자가 그 정도 배포는 가져야 된다고 자꾸 저를 설득하고 있어요. 그래서 저도 슬슬 세뇌당하고 있는 중입니다. 도철아, 너도 그렇지?"

　"어차피 시작했는데 중간에서 그만둘 수는 없잖아. 정유가 자신 있다는데 뭐가 걱정이야. 정 안 되면 죽지 뭐."

　"참 쉽다. 난 엄청 갈등하다가 겨우 결정했는데 넌 아주 쉬워. 그래서 난 네가 무섭다. 단순한 놈들은 물불을 안 가리거든."

"단순해서 그런 게 아냐."

"그럼?"

"도전 정신. 원래 난 편하게 사는 거 별로 안 좋아했어."

"핑계 좋고."

문호량이 풀썩 웃으며 고개를 돌려 버렸다.

하여간, 한정유나 김도철이나 전혀 말귀가 통하는 놈들이 아니다.

그런 둘을 웃으며 지켜보던 한정유가 남정근을 바라보며 불쑥 입을 열었다.

"오늘 10시에 길드 회장단 모임이 있답니다. 그 회의가 끝나면 특급 중추령이 발동되어 제법 센 놈들이 온다네요. 그래서 말인데… 사장님도 같이 싸우시죠?"

"나보고 죽으라고?"

"내가 언제 죽으라고 했어요. 같이 싸우자고 했지?"

"꼬시지 마. 난 늙어서 조금만 움직여도 뼈마디가 쑤셔!"

\*             \*             \*

대통령의 특별 담화문을 들은 길드회장들의 분노는 극에 달했다.

감히.

허수아비에 불과한 개 주제에 감히 주인을 물려고 덤벼?

그들이 느낀 공통적인 감정은 바로 그런 것이었다.

그리고 그 분노의 칼은 곧 대통령을 움직일 수 있도록 뒤에서 조정한 천왕회 쪽으로 향했다.

회장단 회의에서 특급 중추령이 긴급 발동되었고, JK 길드 회장의 제안으로 길드당 2명의 스페셜 마스터가 파견되는 것으로 의결되었다.

이번 기회에 완벽하게 천왕회의 씨를 말려 버리겠다는 길드회장들의 분노가 만들어낸 결과였다.

*      *      *

길드협회장 강신쾌는 자신의 애도 '무원'을 손에 든 채 청와대가 보이는 정문으로 걸어갔다.

그의 뒤를 따르는 병력의 숫자는 이백.

하지만 처음 왔던 자들과 기세 자체가 다르다.

분노한 회장들은 길드의 최정예들을 보냈기 때문에 병력들이 뿜어내는 기세만으로 주변 공기가 싸늘하게 식어갈 정도였다.

이런 자들을 수중에 두었다면 얼마나 좋을까.

만약 이 정도의 병력이 자신의 수중에 있다면 벌써 대한민국을 호령하는 최고의 자리에 올랐을 것이다.

정문을 통과해서 안으로 걸어 들어가자 포진해 있는 적의 병력들이 눈으로 들어왔다.

보자마자 알 수 있었다.

강하다.

질서정연하게 늘어선 채 기다리고 있는 모습에서 칼날 같은 기운이 올올히 새어 나오고 있었다.

그러나 그의 눈을 사로잡은 건 병력의 중앙에서 고요하게 서 있는 8명의 인물들이었다.

그동안 숱하게 텔레비전에서 봤던 한정유와 김도철, 그리고 미호에게 추적을 지시했던 신비의 인물.

하지만, 한쪽에 서 있던 5명의 인물들은 처음 보는 자들이었다.

문제는 그들의 몸에서 아무런 기도조차 새어 나오지 않고 있다는 것이었다.

도대체 천왕회의 힘은 어디까지란 말인가.

이런 자들에게 삼류들을 보냈으니 전부 죽지 않고 돌아온 게 신기할 따름이다.

"나는 길드협회장 강신쾌다. 천왕회주가 누군가?"

"나야."

『마제의 신화』 4권에 계속…

# 초대형 24시 만화방

신간 100%, 샤워실, 흡연실, 수면실(침대석), 커플석, 세탁기 완비

## ■ 광명 광명사거리역점 ■

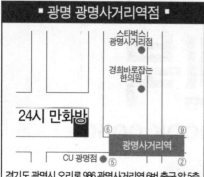

경기도 광명시 오리로 986 광명사거리역 6번 출구 앞 5층
02) 2625-9940 (솔목타워 5층)

## ■ 강북 노원역점 ■

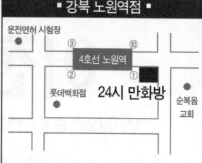

서울 노원구 상계동 340-6 노원역 1번 출구 앞 3층
02) 951-8324 (화용빌딩 3층)

## ■ 일산 정발산역점 ■

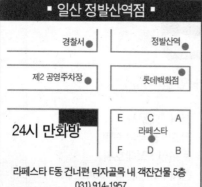

라페스타 E동 건너편 먹자골목 내 객잔건물 5층
031) 914-1957

## ■ 일산 화정역점 ■

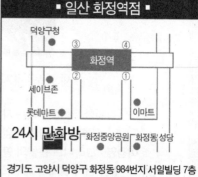

경기도 고양시 덕양구 화정동 984번지 서일빌딩 7층
031) 979-4874 (서일사우나 건물 7층)

## ■ 부천 역곡역점 ■

역곡남부역 기업은행 건물 3층
032) 665-5525

## ■ 부평역점 ■

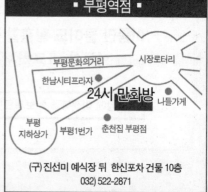

(구) 진선미 예식장 뒤 한신포차 건물 10층
032) 522-2871